那些感情的实话你敢听吗

The truth about Love

Do you dare to Listen

鲁瑾——作品

中国友谊出版公司

{ 鲁瑾 / 02 }

{ 鲁瑾 / 03 }

{ 序言 }

/

妖气凛然，正气十足

某天在网上偶然读到鲁瑾的“黄色信箱”，立刻被其独特的腔调所吸引：妖气凛然又正气十足，犀利尖锐又充满温暖。不禁拍案：尔乃何方妖孽？作为一个以阅读为职业的人，我日常所接触的散文随笔多是像当代名家教科书般的文字，即便在网上看到离经叛道率真性情的文学表达也不少，但鲁瑾，无疑是最独特的。

在“黄色信箱”之前，鲁瑾曾以一篇《暖男》创千万点击奇迹一夜爆红于微信朋友圈，随后出版的《暖男》随笔集也获大卖。《暖男》击中了当下社会心理的脆弱之处，火是在情理之中的，但我个人认为“黄色信箱”才真正开启了鲁瑾作为随笔作家的才华。在这本文集中，作者全方位调动了她的知识、经验、情感和语言天赋，烹制出了一道道更加生猛犀利、温暖给力的阅读大餐，篇篇堪称精彩，令人击掌叫好。当我卸下经典文学的华裳冠冕去阅读“黄色信箱”里的另类文字，窥见的是人性这口深不见底的井，心中难免会对现代男男女女深陷贪、嗔、痴三毒的愚妄生出无限悲悯。鲁瑾却远远不只是停留在这里，她在嬉笑怒骂之间帮你勇敢地穿越尘世，更诚实更清楚地看清世界和自己。“黄色信箱”解答的是个体的感情困惑，诉说的却是从古到今人类群体共同的情感命题：关乎爱情、关乎亲情、关乎人性、关乎欲望、关乎背叛、关乎怨恨、关乎痴缠……越是边缘和迷离的情感，鲁瑾越能用其哲学的思辨、直面现实的态度和富有创造力和感染力的语言找到最精准妥帖的解答。红尘俗事，却一切关乎生活与生命的本质，倾诉者与这样的文字相遇宛若久别重逢，又是最美的初见。

在阅读的终极意义上，一部畅销作品的横空出世，根本上是价值观的胜利。与大部分女性作家坚持了“女性主义”的传统立场不同，鲁瑾既不“女性主义”，又不“男性主义”，而是基于对人性的关怀，尊重每个人选择生存和生活的基本权利，从不挥舞道德大棒却又恪守底线。在鲁瑾犀利尖锐、性感妖娆的语言外壳之下，包裹着一个“人本主义”和“人性主义”的温暖内核，它不会因为性别的偏见而取悦谁，也不会因为时间流逝而失去价值。恰恰正是这种独特的价值取向让女性读着过瘾，男人看了受用。鲁瑾这种传统作家所没有的文风和腔调定会在一个多元阅读的时代成就“另类的阅读风景”。

《暖男》出版时，出版人辛海峰评价鲁瑾的文字：“暖”是我们对这个世界所有美好的坚持。这个“暖”是对人性深深地懂得。我相信，这是她在文学价值观上的坚守，这是鲁瑾作品全部的力量源泉。

言不尽意，是为序！

浙江文艺出版社社长　郑重

{ 序言 }

/

和鲁姑娘的两个电话

关于这本书，我和鲁姑娘通了两个电话。

第一个是几个月前。如果没记错的话，我那时应该正在啃同事从老家带来的烤鸡。这时有个不合时宜的电话进来了，她开门见山地说："喂，我准备写'黄色信箱'了，你觉得这事靠谱不？"我有点着急，因为眼见烤鸡所剩不多了，而同事的魔爪正伸向它。我心不在焉地说："靠谱靠谱，哲学系姑娘玩得转，何况你做啥事姐们儿都支持你，还有事吗？没事我挂了啊。"

在烤鸡和闺密间，我当然毫无悬念地选择前者。

我觉得我没必要为这事提啥建议，在我看来，她简直就是自讨苦吃，反正是一个不攻自破的命题。更何况，烤鸡很香。

别人可能不清楚，但作为闺密，我太清楚她的作息了。这是一个彻彻底底忙成狗的女文青，平时看她在微博、微信里悠闲生活的样子，其实全是表象（所以说女人不能信）。每天一档脱口秀，一大早起床查阅大量资料，然后从法理、道理、伦理、条理等角度各个击破，再加上中午的直播，已经够她累的了；下午还要处理其他工作，包括她发起的向阳花儿童医疗救助基金，事无巨细；晚上还要挑灯给我们写专栏。真的，我一度怀疑她都没时间跟男人调情了，怎么还能腾出手来拯救我们这种失足妇女？所以这事，只是她的一厢情愿，我估计没过两天她就会发现精力不济要我给她把把脉调理了。

后来发现我其实太不了解她了，太低估她小身板下的巨大能量。这错误我其实之前已犯过一次——在她跟我说要做向阳花基金的时候。我说公益这事，真的吃力不讨好而且很难持续，但她说做就做了，而且还做大了，如今已经成为民间公益的典范，100 多个孩子做完了手术，志愿者自发提供地铁站里无数块广告牌都在证明着这事。我觉得这种女人很可怕，说到做到且在正事上一点都不撒娇的人，还有什么事干不出来？

后来她真就每天在微博上更新信箱了，更要命的是，我居然还成了忠实读者。所谓文人相轻啊，我都不好意思提这事。她偶尔会问我看了吗？我云淡风轻地说，太忙，没空上微博。但是没有办法，有几次，我看得痛快，忍不住给她打了个赏，暴露了行踪，剁手的心都有了。

其实那天我要是不吃烤鸡的话，我估计会跟她煲个电话粥，以一种过来人的高姿态，跟她谈谈关于做情感专家的痛苦。

很多年前，我曾赶鸭子上架，做了一年半的情感记者和编辑。那时还是手写信的年代，门卫每天扛着一箱子信到办公室来，满脸不悦地说，就你信最多。我也愁啊，简直都快抑郁了。因为面对铺天盖地近乎绝望的问题，你没办法只是简单地回复“你别离婚啊”或“你丫赶紧给我分了吧”之类的话，因为这些单方面的愚蠢建议完全没有说服力，万一还耽搁人家的幸福生活就更是罪过了。你要举一反三跟他们讲道理，还要教会人家如何把情趣运用自如，你还要说情怀，最关键是还要讲到点子上，打蛇打七寸，一掌毙命。不仅让当事人觉得，大师，我被点通了，然后恭敬退下；还要让看客觉得对对对，就是这样，简直是神奇教科书啊，下次遇上这事我就有参考模板了。至于最后决定当然是当事人自己去考量。这说得容易，做起来真的是太难了，那时每周憋一篇都让我白发倍增，觉得少女活生生被熬成了少妇。所以后来我也没在这事上做出啥成就，再后来？呵呵，还等什么？赶紧晓之以理动之以情再加痛哭流涕满地打滚求换版面啊！

最近很多朋友给我打电话求救，因为又到一年毕业季嘛，类似“我侄女要上大学了，报什么专业合适？”的问题此起彼伏。我能有什么好建议？比如我那年新闻系简直就是香饽饽，但现在呢？当年进邮电学院简直要挤破脑袋，现在不是也呵呵了？在一个瞬息万变的社会里，下一秒我都不知道会发生什么，我还能预测 4 年后的事？所以我一并粗鲁回复说：“没建议、没意见、别问我，孩子自己喜欢就好。”不过有个姑娘想读哲学系，爸妈觉得她真是没事找抽，读哲学能有什么出息？每天读读那些理论还能挣到钱了？我有点着急，我说我太喜欢哲学系了，我身边的哲学系姑娘简直让人通透舒服极了，就像 40 摄氏度高温时突然有人横塞了一罐冰可乐过来。我慷慨激昂唾沫横飞了半小时，那家长觉得我简直就是个神经病。我后来还总结陈词说，如果人人都读哲学系，网络上的弱智青年也就不会这么欢乐了。

有一天半夜我和鲁姑娘通电话，专门专项讨论关于前段时间成都男女司机互相别车引发的血案。那个案子里，女司机都被打得飞起来了。后来男司机行车仪录像一出，所有人都纷纷拍手称快说，少侠打得好。男司机瞬间成了英雄。我本来也没那么硌硬，但我后来越看越怕，因为舆论几乎一边倒了。我觉得照那样的形势，自己要是有天一不小心不守规矩，可能也会被打飞。我甚至在筹划是不是该去练点武功了。我认为这事就是一个傻逼男人打了一个傻逼女人，没有谁比谁更对更英雄。巧的是，她说她也跟节目里的搭档快吵起来了，男搭档说这事就得打才能解决，而哲学系鲁姑娘当然不同意。她后来专门发了长文，庖丁解牛般从法律及公平上来认了理。那些话说得反对派也无法反驳，只能撒泼说，我就觉得打得好，你能怎么样？当时我就想，有一个逻辑思维缜密的闺密，真是非常解气的事啊。

我后来想，我为什么做不好情感记者，是因为我特别容易自我代入，仿佛自己就是当事人，特别容易着急。而鲁姑娘不一样，她可以用哲学思维跳出来看待这个世界，在她看来，这世界并没有谁亏欠谁，谁也不是别人的春夏秋冬，你不能把眼睛总盯在别人的错误上，而呈现一副怨妇的模样。有理你说理，没理别叨叨，谁也不欠你。

最后再来说说关于此书的第二通电话。昨天下午打来的，她说：“赶紧给我写个序，后天交。”

我说：“喳。”

以此表示我的服气。

《行周末》执行主编　徐小芳

{ 自序 }

/

这是个互相亏欠的世界

上一本书《暖男》出了以后，我就成了一个笔耕不辍的“作家”，好像不像传说中的作家那样每天伏案到深夜就会被开除出作家队伍似的。今年二月份我开始写问答，起初并没有当成重要的事，甚至有点开玩笑，因《暖男》的封面是黄色的而把问答叫作“黄色信箱”。在微博上写了几篇以后，似乎挺受欢迎的，几篇以后不少人表示重回微博，每天搬个凳子等看“黄色信箱”，我的虚荣心被刺激了，于是天天写天天写。除了写文章我还有无穷多的工作，写到四月中旬的时候跟个东施似的心口疼，视力下降（也许是开始老花了，呵呵），我怕猝死，就停了十天。后来改到微信公号“鲁瑾脱口秀”去首发，三个月内写够了一本书的量。

写“黄色信箱”最大的感受是每个人都生活在心灵的困境中。每天都有人给我写信，基本上都是各种各样的感情问题，出轨、被出轨、恨嫁、婆媳、在婚姻里不被尊重……诉说着受伤的感受。我想这些故事是有代表性的，是我们平时认识或者不认识的人微笑、哭泣、忧伤、发怒背后的人生。这些年一直有人问我些情感问题，我偶尔在节目里就着音乐说两句，不好意思正儿八经地给人开药方，我知道对于充满缺憾的人生来说，我其实帮不了什么，毕竟，给你个王子或者公主更省事儿，可我做不到啊！好在人还是可以有主动性的，现实无法改变的时候，我们可以调整看世界的视角，也因此，文字中的思想就有了阶段性治愈或者激励的功能。就算连这个也没有，当我理解你，帮你表达了你想倾诉出来却无法表达的情绪，还是有安慰的。所以我想，要是在古代，我是不是就属于大户人家养着的门客之流，耍着小技艺的鸡鸣狗盗之徒。在现代，有一个好听的名字，叫心灵按摩师，或者情感专家，或者情感导师之类，但我觉得这些名字都很“恶心”。我觉得比较准确的说法是，我是一个敏感的还算聪敏的女子，不热衷于炒股、上进和奋斗，一直做着类似左手搏右手的自我对话，而我写的文字只是在分享这些对话。我不想肉麻地把自己说成是写信者的闺密，我和他们天各一方，各自承担自己，并无过多交集，但我确实非常诚实地和他们对视，感同身受，是温柔拥抱的方式，尽管有些话看上去很犀利——不是居高临下的打击，只是希望更看清我们自己。

我想所有写问答的人都试图撕开生活的真相，比较多地用一些刻薄而极端的词来表示自己很冷静，把世界及人与人的关系描写得很冰冷，人与人交往的实质是一种交换等。人们在看到这些文字时会觉得这就是感情的真相，但我觉得不是。《那些感情的实话你敢听吗》，不是砸更多的冰块给你，不是为了让你对别人更不敢指望，不是抱怨这个世界，而是更多地面对自己，那个不够成熟强大甚至不敢承认的自己。

很多人的困惑在于不明白：生活怎么是这样的？爱我的人怎么突然不爱我了？为什么等不到价值观一致的那个人？为什么婆婆不帮我，为什么话这么难听？为什么十年感情敌不过胸脯四两？竞争这么激烈他为什么这么不上进……而我首先想提醒的是一些真相，类似于爱情并不一定会降临到每一个适龄青年的头上，或者你恨着的对方也许并不只有胸脯四两，贬低对手不会带来任何胜算。如果以提问者为圆心，周围的世界都是错的，而错着的那些人也觉得自己对别人倾尽了全力，却并没有得到对方的善待。

所以，困惑的根源在于视线的单一：世界应该是这样的，应该是那样的，当发现不对的时候，无法面对了。但世界就是这样的，我们利己，他人也利己，人一生都要学习的是如何在每个人的利己中找到平衡点。当你能诚实面对自己利己的时候，也就能理解别人的利己，再去处理关系就会有高度，也会自我检讨，不管结果如何，任督二脉好歹会打通一点。

这大概是我们需要从别人那儿得到的帮助：获得一个旁观而冷静的角度，对世界和人性多一点了解，又获得一种懂得的心疼，让我们能哭泣能治愈。

写这些对话，我完全没有专家的感觉，对我自己来说，也是一场又一场梳理，总结着那些对人生的感受。永远怀有开花的愿望，等待开花的时机，但怀着一颗苍凉的心，而不是相反：对生活太多期待，却风一吹雨一打就枯萎。顺利的时候享受一切荣耀，而失去的时候也不用对着世界撒娇——撒娇也没用。

这是一个互相亏欠的世界，唯愿我们亏欠别人时三思，别人亏欠我们时有力量承受，甚至原谅。这是我们最终和世界及自己和解的方式。

鲁瑾

目录

CONTENTS

QUESTION

01 / 53

高冷男和殷勤男要哪一个

{ 问 / Q }

看了您的书感觉您是个情感专家，想向您请教一些感情的问题。有个男生很高冷但对我有好感；而另一个男生很关心我，每天都送我回家，天天主动找我聊天，天天说晚安……但是高冷的那个男生成绩比较好而且做事比较淡定。我不知道该怎么办。

{ 答 / A }

女人最大的野心是，那个能力强、做事镇定的男人对全世界都是一副举重若轻的高冷样子，唯独在自己面前像个马景涛。

亲，首先，请你放下这个幻想，基本上，女人到了二十岁就不敢这么想了。

男人有两种，一种是挑逗型，另一种是被挑逗型。各有各的好玩之处。前一种相处起来比较轻松，可以满足女人的自尊心、自我的公主认定，关系比较容易向前发展。毕竟爱也不是太玄乎的东西，半推半就在短期内很像个人生赢家。和后一种人相处则有一个人登山的感觉。没人帮你背包，也没人牵你的手，你只能想象他在高处等你。走了五十级台阶，天边有云对你笑一笑，你就小鹿乱撞，跟捡了个大元宝似的。在这种关系里，你始终处于相声里捧哏这个角色，对方则是逗哏的角色，而你还不一定像相声捧哏似的捧得那么及时到位。如果你经得住经常在爱如潮水时被速冻，可以试试，毕竟，征服的快感一定大于被征服，即使最后未遂，这个过程对完成自我修炼也是很有好处的，没经过苦恋的人成不了妖精。

有一种理论说：找一个你爱的人不如找一个爱你的人。这个其实说的是尊重需求，在马斯洛的金字塔需求理论里是第四级追求，仅次于自我实现。每天送你回家，天天主动找你聊天，天天说晚安……这就是宠着，就是尊重。你在高冷男那儿得不到，你得到他的过程是在追求老马最高级的需求，即自我实现需求：得到你的男神。我还搞不定你了！

我觉得不同的女人可以根据自己的情况来决定怎么做。神经比较健康又迷醉于棋逢对手交流快感的人通常会去撩拨高冷男；而玻璃心则会撤得比较快,珍惜手上的幸福,现在不是有个词叫“小确幸”吗——确定的属于你的小幸福。

具体到你身上，你一口一个男生，估计还在读书。这么年轻就谈归属就太可惜了。你还有大把的时间可以失败，如果我是你，一定是要去挑逗高冷男的。

当然，也可能，挑逗半天你发现高冷男不回应不是因为高冷，而是因为无趣。而这时，那个殷勤男也不见了。如果是这样，你不要悲哀，人生的旗帜上有你血染的风采。

经历了这所有，你将越来越美丽。

—

QUESTION

02 / 53

小老婆踢馆不容易

{ 问 / Q }

我三十二岁，他三十五岁，我们有个一周岁的儿子，他叫我妈为妈，对外称我是他老婆。他在浙江工作，有原配在老家。他发现原配有外遇后开始追求我，后来我怀孕了，他想回去离婚，可父母不同意，原配也不同意，甚至以死相威胁，说为了他们的孩子。现在我们还是在一起，儿子也出生了，他待我如妻，也照顾儿子，但没有再回去离婚。我有工作，五千元一个月，他是外企白领，年收入三十万元不到。家庭经济他占大头。他几个月回去看一下父母、孩子，原配知道我们有孩子。家人对他已经认可，但我心里总有疙瘩。

{ 答 / A }

我首先得提醒你，比你的疙瘩更大的麻烦是，你的男人可能面临重婚罪的指控，他的原配如果有我这样的高参在旁边，这就是她的撒手锏。他叫你妈为妈，周围人都知道你是他的老婆，你们还有一个儿子，一告一个准儿啊！

当然，原配不一定告。虽然法律没规定重婚一定是自诉案件，但一般来说，公安要管的事太多，重婚这种事，民不举，官是不会来究的。老家的原配不告是经过权衡的，她不想离婚，即使婚姻只是个躯壳，对于一个农村妇女来说也是重要的。她一闹，可能就把男人逼急了，就没有回旋余地了。我认识一个人，和老婆早就不在一起了，十几年分居两个城市，他甚至不回去看她，但老婆依然以死相逼不肯离婚。因为这样跟乡里乡亲说起来，可以说“孩子他爸在外挣钱呢”，自己不至于像个可怜的弃妇。她们又没有星巴克可以去，又不能天天自拍传到网上跟人分享……农村妇女没有什么固定收入，离了婚连赡养费都拿不到。所以她在农村照顾孩子和公婆，让男人羞愧，无论走多远，都知道自己的根在那里。

你不闹，也是有理由的。一是他基本全年在你身边，看上去就是你家女婿，如果不多想，对你并没有频繁的刺激。不像在同一个城市的偷情者，还要小心口红有没有沾到衣领上。另外，他看上去也是个不错的男人，对你好，对儿子好，对你家人好，人也能干。你们都有孩子了，再找个这样的也不容易，即使有，也不是孩子的亲爹啊。可你还是纠结，为什么？因为过年了，他要带着你们的儿子回老家。你心里知道，过年跟谁在一起过，谁就是正房，说到底，你就是个小老婆啊！

20 世纪 80 年代，有一部电影叫《谁是第三者》，女研究生爱上导师，老婆来理论，她对师娘说：你们是包办婚姻，没有爱情，你才是我们的第三者！后来在法庭上，导师老婆跟老公说：你承认错误，我就同意离婚。教授就认了错，离了婚。可是女研究生觉得导师认错是对爱情的背叛，他们无法走下去了。啊！ 20 世纪 80 年代，真是精神至上的年代呢！现在人们成熟多了，就算精神上无比自信也不敢小看婚姻的威力。包办也好，交易也好，婚姻就是受保护。婚姻的核心不是爱情，是合作，是契约。法律若要保护四个月新鲜期就过的爱情，会忙不过来的。你爱到天上去，真正的妻子在除夕笑。

维持现状也不是不可以，张学良和赵四不清不楚地混了三十多年，才等到于凤至的放手。不过，时代不同了，那是个三妻四妾风俗相对普遍又战争不断的年代。即使这样，老了也得要个名分啊。人生总要面临选择，凤凰男不容易，从农村走出来，优点是努力，缺点是没原则，什么都想照顾到，结果把人生搞得很混乱。婆媳啊，小姑子啊，乡亲啊，原配啊……他的心已在城市，他的根还在农村。他谁也不想辜负，结果谁都辜负了。

你说原配比他大一岁，再熬下去，找下家更难了。我觉得你现在要拿出“大宅门里二奶奶”的能力，帮原配找下家，安顿好他们的儿子，或者把儿子接过来。只有帮他把后顾之忧解决了，你才能“转正”。如果你嫌烦，那就只能先混着了。小老婆踢馆可比《我是歌手》里面的难多了。

—

QUESTION

03 / 53

操心媳妇怎么面对清冷婆婆

{ 问 / Q }

我在家里家外一直属于爱操心、爱付出的那个人，但是我的爱和付出却不是无私到不求回报的，也常常希望得到感激和认可，尤其是对婆婆。婆婆对我每次送她的礼物从没说过“谢”字，每次去她家，我都从娘家大包小包地带东西，但她过年来我家却空着手。不是求她的东西，只是觉得她这样做让我感觉她是个眼里、心上都没有我的人。我怀孕，她只来过一次，做了我孕期吃不下，而她儿子爱吃的饭菜。尽管住得不远，来看我和孩子的次数非常有限，而且从没给孩子买过任何衣服、玩具、奶粉，走的时候，我总是惦记这个惦记那个地给婆婆全家带东西，包括婆婆的妹妹和妈妈，婆婆拿得总是很理直气壮，还总要附上一句“这些你们都不要了吧”，让我听得很心寒。我有东西都给她，都没给我妈妈，她却不领情、不说谢。真不知道该怎样和她相处能换个真心。

{ 答 / A }

你婆婆这种女人吧，挺多的，主要还是格局比较小。格局大的女人是把家庭当公司来经营的，你看大宅门里的二奶奶，那是董事长CEO的格局，不会只着眼于自己的原始立场，也不会任性于自己的小爱恨。不过大部分的婆婆都控制不住自己的小我，儿子娶了媳妇都有吃了亏的感觉，这个亏吃进去总得找个地方吐出来。上个月不是有个强势的妈吗，在网上写信给没过门的儿媳，说自己本来是不同意这门亲事的，让女孩子考虑清楚要不要嫁进来。你婆婆嘛，在你坐月子的时候只做儿子喜欢吃的，根本没热情管儿子的女人。

也可能，她只是个个性比较清寡的人。有的婆婆，特别操心，天天到儿子家上班，帮着烧饭、带小孩，不让参与都有失落感。但往往这样的婆婆吧，事儿也多，管东管西也烦人。你婆婆这类人，不习惯黏着性相处，为小辈做得不多，也许也没指望小辈为她做很多。她也不只是不管你，她连孙子也不怎么管，对吧。

你和婆婆不同，你是个操心人儿。所谓操心人，大抵都有利他人格，在别人没有要求的前提下，做很多掏心掏肝的事，拦都拦不住。利他人格又分两种：一种是“亲缘利他”，当幼鸟遭受攻击时，许多鸟类父母都会挺身而出，用伪装受伤的方法把猛禽引向自己，使子女得以逃脱。父母与子女、兄弟姐妹之间，常常是不计回报的。另一种是“互惠利他”，为了回报而相互提供帮助。你虽然叫婆婆妈，但其实不是妈，你们之前的关照都是期望得到回报的，至少是领情。在你的叙述中，婆婆显然没做到。

人与人之间，所有的不开心都来源于有所指望而不得。

操心人把自己搞得很累，通常也会把别人搞得很累。比如我的邻居们，很多在乡下有房子，经常给我家送东西：菜啊，酒啊，坚果啊，鱼干啊，这让我觉得非常温暖，但也很有压力，我总要有些回馈吧。我又没有农产品，所以，我想是不是应该烤几只鸡啊，做些面包啊来送一送？但我几乎没有休息日，实在没时间。过年我就想着要做点牛轧糖之类的回报一下。

但这是我，基本还是个暖姐，对我拿出去的东西也比较有信心。你婆婆这样懒得张罗的人，如果她热情洋溢地接受并褒扬你给她的包括给她妹妹、她母亲的礼物，而出于小气或者没钱或者懒或者拿不出对等的回报，她的面子不好过。把你的礼物说成是你们不要的，她勉为其难接受一下来维护自尊。

所以，还是控制一下你的利他人格，别这么面面俱到，七姑八姨的就别管了。婆婆还是要给的，礼数嘛总要到。不过心里就别指望她同等热烈的回应了。这就像亲戚跟你借两万，你不想借，又不好拒绝，就给他两千，说不要还了一样。这样，你也就不指望了。

—

QUESTION

04 / 53

男人的青春是备胎的青春

{ 问 / Q }

我们是笨蛋和傻瓜的爱情。我和她都是律师，我二十五岁，她二十七岁。我们初次见面是她来我们所办事，找不到路，我下去接她，她正在那儿停车，我对她的最初印象是路痴和车技差，她对我的印象是看着她手忙脚乱却不肯帮忙。再见时彼此印象都好了。她一早、半夜，上班、下班都通过微信或者电话告诉我想我了。走在路上她会突然抱着我，说："笨蛋，想你了。"那是我们最美好的时光。后来，现实问题来了，她说她很爱我但是她要结婚，需要房子，需要父母的认可，需要稳定的生活，但这一切我现在都很难马上拥有。她还认为我年纪小，待人接物不是很成熟。她经常说要分手，每次我都无法接受。有一次我还为此丢下在外地一起出差的主任，打的赶回杭州。现在我约她，她会出来，看见我，还是会依偎在我怀里，说这辈子找不到比我对她更好的人；但还是想分开，说没有勇气去相信爱情。我们的关系，现在成了一个死结。

{ 答 / A }

笨蛋和傻瓜的爱情是用来怀念的，不是用来实践的。你看我每年秋天做一个“二十年的青春和往昔”露天音乐节，那些中年人眼中泛着泪光，就是来怀念那些没抓住的和失去的。但是如果时光倒流，失去的依然会失去，最单纯的东西也是要有能力才能维系的。没被甩过的青春不叫青春，谁没爱过不该爱的人？谁没做过鸡肋和备胎？

女人的依赖有时候并不一定是很爱你这个人，而是对爱情的依赖。女人是把爱情当饭吃的，想你了，抱一抱，你爱我吗，我爱你……“爱是那么美，我心陶醉，被爱的感觉”。所谓女人的傻，爱上什么人，不管不顾地全身心付出，往往在爱的初期，也不是真傻，而是她们太喜欢爱的感觉了，越堕落越快乐。但女人其实天生是很冷静的动物，她们知道自己要什么，能得到什么，她们一直在平衡着。我这么说，你可能会有点受伤，好像你是一个爱情的道具。这个你想通点，能成为道具即备胎也是要有能耐的，不是谁都能成为男二号的，跑龙套的群众演员一大把呢。

你和她的死结不取决于你做了什么，而在于你有什么。你因为她说分手，就把工作一丢，从外地打的回杭州。这个举动看上去是爱的表现，为她可以舍弃工作的决心，但并不能在女人那儿加分。如果你是资产过亿掷地有声的人物，这么做是浪漫，你一个跟在主任后面的小人物这么做，她会觉得你没分寸，觉得你完全不会自控。你是律师，又不是演员，这样的个性不是出不了头了吗？女人是很复杂的，她想你围着她转，但你真围着她转，她会一边享受你的柔情，一边觉得你没原则，而我们女人认为有原则的男人才靠得住。

年轻的女人或多或少都想靠男人走点捷径，这也难怪，难道她们二十岁的时候不走捷径，都把赌注下到你这样的期货上，不说可能押错，即使博到大的，辛苦栽培到四五十岁，谁知道男人对黄脸婆什么嘴脸啊？这一生岂不都踩背字啊？现在你和她能混多久，基本上取决于她找到下家的时间，如果有个有房有车的，不那么幼稚的，也喜欢她，她又不反感的，你可能很快就被终结；反之，可能就会像现在这样滴答、滴答、滴答，好不了也分不了。

我建议你吧，也别想太多。做一天和尚撞一天钟。当备胎不丢人，闲着也是闲着，积累点人生经验，再说你也是喜欢她的，对吧。也许有人建议你晾着她，对她冷淡点，也许她就倒追了。我觉得这没用，这都属于雕虫小技，即使她倒追过来，你一样不是她的 Mr. Right，问题依然存在，只是延后发生而已。

无论发生什么，别恨她。每个人对美好人生的追求都是合理的。我曾经在黄书里写过：比起从未有过，曾经拥有真是赚大发了。何况，作为律界小鲜肉，你还有长长的未来。

—

QUESTION

05 / 53

谁没死过几次心

{ 问 / Q }

我今年三十岁，一直在积极相亲。一次朋友聚会，遇到 A 君，一见倾心，主动联系示好，但 A 君对我仅仅是表现出对朋友的热情，在我的暗示几近明示下，并无意与我发展。现在的关系可以说是暧昧。我俩同岁，都是研究生学历，我在政府机关工作，他在银行，收入比我高。我的父母都是工程师，知识分子家庭，他的父母普通工薪阶层。我特别喜欢他，见到他后，就几乎看不上别人。他也不是有多优秀，仅仅因为是我喜欢的类型。我不知道自己该不该再进一步推动我们的关系，也就是女追男。总觉得我努力，他就退；我安静，他就时常打来电话，或约我，但都是些去书店、去打球之类，不会有去看电影或喝咖啡等有明显情侣特征的约会。聊天内容时有暧昧，但我稍微有意谈些实质内容，他就岔开。总之是有意和我保持一个忽远忽近的距离。在这种暧昧关系中，我很痛苦。是该推进，还是该放弃？

{ 答 / A }

学历、收入、父母、阶层……讨论这些对你们的关系来说还早了点，你们根本还没进入情境。今天中午的节目我放了一首歌：牵手的时候太冷清，拥抱的时候不够靠近，说话的时候不认真，沉默的时候又太用心。这首莫文蔚唱的歌，歌名是《他不爱我》。爱不爱这回事是能感觉到的，你看人家手也拉了、抱也抱了，还是觉得这爱不对头，何况你们干泡了这么长时间？

但爱，或者不爱，又如何？我可不想跟你说些 Low 招儿：走着走着假装脚崴了，哎哟哟，让他扶着你、背着你；或者穿低胸打底衫时不时蹲下去系鞋带。这些从本质上不会解决你的被动，就算对方暂时被调动了荷尔蒙，第二天又会一切照常，你还是会因为他无法成为你正式的男朋友而焦虑。你需要的是思维方式上的突破，重新定位他的角色，把他当成一道寂寞人生的安慰剂，这样就和他配套了。

民间的情爱理论会说：不爱我就别来惹我，不要给我希望。具体到你们这儿，就是他既然不想和你发展，就不要来找你打球或者去书店。可每个人都会自然地选择利己模式，于他，和一个明显喜欢自己的女性浅表性交往是一件愉悦的事，他又没有骗财骗色。再说，如果你对他明示、暗示了半天，他连约你打球、看书的兴趣都没有，你岂不是更受伤？于你，三十岁，单身，相了多次亲没碰到一个适合交往的，连个备胎都没有，在这种情况下，有一个你看得顺眼的男人能互相陪着做一些健康的事情，有损失吗？你可以一边打球一边继续相亲啊。你可以启动你的利己模式。

你也许会说：臣妾做不到啊！唉，有什么做不到的，无非是还不够死心，多混几天看清形势就死心了。死心以后你会发现，自己突然变强大了。你在他面前可以谈笑风生了，可以开玩笑了，可以不紧张了，可以想说粗话就说粗话，不同意他的部分可以反驳了。男女关系，最重要的是心理建设，不在一棵树上吊死，对自己是一种认真。

不就是死个心吗？谁没死过几次。

—

QUESTION

06 / 53

豁不出去的人别去碰爱情

{ 问 / Q }

鲁瑾老师，有一件一直困惑了我一年的事情，我真的不知道该怎么办了。希望您能告知我该怎么做。我和我男朋友在一起一年了，他对我很好，感动了我，所以在一起。父母很喜欢他，他做的任何事情都太完美。之后我换了工作，遇到了我以前的老同学，我们之间慢慢产生了不一样的感情。同学让我和父母说，我对父母坦白后父母极度反对，扬言如果和他在一起就和我断绝母女关系。同学家庭情况很复杂，父母从他小时候就离婚了，他从小日子过得很穷，所以现在都是靠自己，生活勉勉强强。而男朋友家庭情况特别好。我不敢丢下男朋友，因为怕伤害父母，又舍不下爱情。我是不是很自私？这件事情反复拖了一年，一直拖到如今订婚。我同学觉得我一定和男友发生了什么，也经常因为一些事情骂我，各种难听，但我忍了。我和同学说如果你接受，婚我不订了，我和你走。他不肯原谅我，我伤心地去订婚。订婚后没两天他晚上给我电话，问我是否订婚了，我说是的，但我可以当不负责的人去退婚，最后我们又好了。可他还是怀疑我和男友发生了什么，为此吵来吵去。我和男友打电话坦白，我想退婚，他说：如果我求你不要，你会无所谓吗？同学说退婚再和我谈结果。鲁瑾老师，我该怎么办？

{ 答 / A }

你的信写得很混乱，我整理了半天才把你的意思整理清楚。我觉得你除了思维比较混乱以外，其他条件一定还可以，长相啊，个性啊，工作啊，否则不会像个香饽饽被人抢。要知道很多女孩子，身边一个可选的都没有，但凡碰到一个爱自己的或者自己爱的，就马上落袋为安，不会搞这么多事出来了。

你之所以这么胶着，有三个原因。一是，你是个对爱情没有信念的人。什么叫对爱情有信念？你看人家祝英台，生是你梁兄的人，死是你梁兄的蝶，完全不去考虑梁山伯只是个呆头呆脑、不解风情的穷书生，对富人马文才看都不看一眼。你做不到，所以，一会儿和马文才说我们订婚吧，一会儿又跟梁山伯说我家有个小九妹。二是，你同学给你的信心不够。他条件比不上你男朋友，所以会格外强调自己的得到，想一统你身心的江湖，从后面包抄，全面胜出。他完全没有尊重先来后到的既有格局，给和平演变以时间。他不和你一起承担背叛的痛苦，只在意战利品是否完好。他其实是个掠夺者，但他对谁都没有抱歉。你看不清他狭隘的缺陷，只能像个有原罪的人一样乞求他的谅解。这让你感觉到自己在这份爱里的卑微，因此难以下决心。三是，你男友的忍让。有的男人特别不能接受女人的背叛，你一开弓就没了回头箭，那样，你也就没得选了。

在智商普通、情趣乏味、心灵没有宽度的大部分男人的群体里，笨而美、笨而软弱的女孩机会比较多，因为这会让他们既有面子又没压力。但这两个特点很容易被审美疲劳，这也解释了为什么不是所有的木人都有木福，而很多美人的青春期却巨短。在爱的江湖里，实力派终将胜出，而实力派的最大特点是知己知彼，凡事有底线。具体到你身上，当你同学为你和男友曾经可能的性关系反复折磨你，你是不是从来不敢说一声？每个人都有过去，老娘在遇到你之前和任何人发生关系都无须向你解释。另外，订婚这样牵涉众多社会关系的事，你没理清，自己也敢去做，做了又想轻易去退，不怕伤到别人的人，也不值得同情。你和你的同学，在这种缺乏爱护和尊重的低级爱情里歇斯底里，确实也是一对活宝。

站在你男友的角度，我会劝他放弃你。因为把一个心有不甘的女人娶进家门是一件后患无穷的事，他的小心肝随时会扑向花花世界。而站在你的角度，不敢穷，又容易被爱牵制，在爱人面前像个可怜虫，我劝你还是抓住订婚男友吧。爱情确实迷人，但你搞不定啊。卡门唱过：爱情它是一只不羁的鸟儿，无法无天。这无法无天就是豁得出去，你豁得出去什么？穷不敢，狠不敢，顶嘴都不敢。你没有无法无天的个性，就别轻易去碰爱情了。再说，你同学这种对自己没要求，对别人要求挺多的男人给出的爱情，成色真的不高。

—

QUESTION

07 / 53

婚姻都是有污点的

{ 问 / Q }

我 2012 年年底结婚，现在女儿十七个月大。老公还算可以，脾气时好时坏，跟他们家的家教有关。他父母和两个哥哥说话都很冲，常常说两句就吵。我和他有时正好好说着就因为他的脾气吵起来。我们俩结婚前为了在一起也受了不少苦，现在住在农村只有一层的房子里，只有一个房间，但我认定他是我这辈子的依靠。可是最近我发现他有搞外遇的迹象，是他的朋友群里的，他有次聚餐喝醉没回家，是那个女的照顾的，之后我在他们群的聊天里看他们叫她大嫂。我问他，他说是叫着玩的。我是个传统的女人，这件事在我心里一直堵着，每次他出去我就不踏实。情人节他买了戒指给我，那个女的送了他鞋子，他说他没送她东西。鲁姐，我现在有点乱，我不想离开他，但我又觉得我的婚姻受到了侵犯，不再是纯粹的。

{ 答 / A }

首先，世界上没有什么东西是纯粹的，婚姻也一样。曾经有个首富的女儿，三十多岁了还找不到对象，因为她分不清人家喜欢的是她这个人还是她的钱，她要纯粹。可是，什么是纯粹？爱你的长相算纯粹吗？爱你的学历和能力算纯粹吗？还是一定要爱你的灵魂才算纯粹？当然，你说的纯粹是另一种，即他永远只爱你一个。你可以忍受为走到一起的千辛万苦，忍受只有农村一个房间，忍受他的坏脾气，但不能忍受他可能有外遇。

可是，外遇是大部分婚姻都会遇到的问题，因为人生很长，而爱情很短。你可能会说，爱情怎么会短呢？公园里手牵手的老人，病床前互相凝视的老夫妻，他们不是爱了一辈子吗？嗯，那是爱，但已经是荷尔蒙成分比较少的爱了。你看过《金婚》吗？张国立和蒋雯丽也爱了一辈子，但中间还是出现了沈傲君，她和张国立之间，那也是天若有情天亦老啊。这些激动人心的片段对婚姻的打击非常大，但忠诚教育也拦不住出轨。

结婚宣誓时，牧师问："你愿意娶这个女人吗？爱她、忠诚于她，无论她贫困、患病或者残疾，直至死亡。"这里提到的"忠诚"，就是你说的"纯粹"。但同时《圣经》里还说：爱是包容，爱是不忌妒。不是宗教信条自相矛盾，而是宗教作为苦闷时的心灵皈依，必须兵来将挡、水来土掩，什么都能给个解释，它早就知道人生的复杂了。我觉得爱和婚姻的教育，光说好听的没用，应该讲些难听的。我退休了要是没事做，就办个婚前班，只讲一个题目：婚姻有外遇是正常的。这样，起码大家有心理准备，不至于只会问苍天"这是为什么呀"，而是务实地学习用正确的方法渡过难关。

什么是正确的方法呢？

一、别逼自己，觉得自己要是接受并原谅了外遇，婚姻就有了污点，就是苟且偷生。偷生又怎样，难道去偷死啊！

二、大哭大闹是有用的，在家里闹，去单位闹，威慑力极大，狂风暴雨般把对方镇住了，但副作用也极大。这是段位极低的处理方式，不建议采用。

三、假装不知道，忍辱负重，继续好菜好饭温柔相待，这个也不建议。因为偷情的诱惑极大，不给点儿压力和颜色他会忘了你的名字叫老婆。

四、你们很不容易走到一起，是有恩情的夫妻，情人节他买戒指给你，说明他并不想放弃这段婚姻。隐私权这种就不要纠结了，有机会看看他的手机。趁着过年，把他朋友圈里乱叫别人大嫂的人都请家里来吃个饭，假装不知情，也请那个“大嫂”。估计她出于好奇，会来的。席间演出点贤惠，秀秀情人节戒指，拉着他抱着十七个月的女儿拍全家照，假装不经意捏一下老公的屁股……一句话：你不能让她搞得你难过，你得搞得她难过。女人嘛，难过了就会别扭，别扭了就会变形，变形了就会不可爱，不可爱了嘛，就没有然后了……对他的兄弟们好点，你老公这种暴脾气爱混兄弟圈的人，兄弟认了真大嫂，假大嫂就没什么味道了。

等到一切搞定，你可在床头和老公语重心长：人嘛，偶尔开个小差，难免。说不定有一天我也会呢！然后娇笑着假装开玩笑说：与人方便，于己方便，嘻嘻！

然后，该他紧张你了。

—

QUESTION
09 / 55

被“娘炮”甩就当赈灾吧

{ 问 / Q }

小年夜那天我失恋了，事情发生得很突然。我和他两天前还在谈论结婚的事情。隔了两天没有联系，当我再次联系他的时候他告诉我他有女朋友了。他回到了前女友身边。我问他为什么不早告诉我，他却一直说告诉过我，是我不想承认。问他两天前还谈结婚，还给我送自己熬的汤又算什么。他说和我在一起是因为当时前女友骗他，吵架了，对她死心了；觉得我很好，是真心对他，他的生日她没有记住而我却记住了。一遍遍告诉我没有骗我，和我在一起是认真思考过的，但是却真心喜欢她，不想骗自己。当我问他：如果我不问，你准备什么时候告诉我？他说：一直不理我，我应该就会感觉到。我和他之间一年多前也谈过分手，当时因为他一直没有好好进入恋爱的状态，总是不够努力，我受不了他而提出分开。2014 年 10 月，他求我，各种认错，说自己不懂珍惜让我再给他一次机会。心软的我同意了，没想到最终却给了他又一次伤害我的机会。他曾经信誓旦旦地说在他身上永远不会发生劈腿的事情，所以希望我也能专一。说到底他一直周旋于两任女友之间，对我的伤害却是两倍。

{ 答 / A }

万家团圆的日子里会有很多像你一样的女孩，没有迎来水晶鞋和玫瑰花，十二点钟声响起的时候，盛装变回布衣，马车变回南瓜，非但没有王子追来，前一天为你熬汤的男人对你说，他爱上了别人。

输给前女友是挺没劲的，这意味着你在他的生活里只不过填了一段时间的空，你就是他的一味药，用来舔伤口找回自信。伤口好了，母大雁找回来了，他拍拍翅膀就要跟着飞走了。唉，你就当赈灾照顾了伤员一段时间吧。

男女之间，骗财挺不好的，骗色这种事，算一个愿打一个愿挨吧。反正谈场恋爱，不是你受伤就是我受伤，要不就两败俱伤，这不过是人生常态。你男朋友，也不算个流氓，只是个软蛋而已。他这样的男人，就像个情感寄居蟹一样，不能有感情真空期，在那个人那儿受了伤就给这个人熬汤，说是给你补，其实是在补自己的空虚。那个人招招手，他又回去受虐了。现在你肯定恨他，觉得“不爱我早说啊，明说啊”，可其实你早就感觉到了，只是他一发誓你就昏了。你别怪自己，在爱里面发昏不丢人，从来没发过昏才悲催。这跟喝酒有点像，我不喝酒，经常喝大的徐小芳就说我没劲，从来没体验过喝飘的感觉，看我就像看一个没被男人亲过的老姑娘。再说你去年说分手，他要是不哄你，你也不舒服。女人不都是那样的吗？生气摔门走了，还没跑出小区，就想：怎么还不追出来……如果那次你们就完结，你以后回忆这段时就没有他求你这个情节了，跟闺密说起往事时一点面子也没有……心理上至少有些补偿吧。你也别怪他。意志坚强，善于通过独处来理清思路的男人都是精英，而芸芸众男生，不管长得帅的还是不帅的，在精神上基本上是个娘炮，他们最怕自己受伤，其他人受不受伤，他管不了。

还有一点要提醒你，誓言这种东西当催情剂使就好了，别太当真，相信对方说的那一瞬间是真实的，领这个情就可以了。不要去追着他问：你不是说永远不会劈腿的吗？

你说你跟“娘炮”较什么劲呢？进入爱的江湖，伤心总是难免的。定定神，换个男人去调情。

—

QUESTION

09 / 53

友达以上的男女关系也要识相

{ 问 / Q }

鲁瑾姐姐，是这样的。今天我在微信发求跟跟，我一同学愿意让我和儿子明天去跟跟。本来他们前几天就已经约好了的，我们是今天临时加入的，晚上才知道名单中有初恋一家。我和初恋偶有见面，是友达以上、恋人未满的关系，一年前重逢后发现还爱着对方（其中故事太长，有空说给你听），但我们约定不伤害家庭。他老婆是老师，性格比较随性和孩子气，想骂人就骂人，但骂过就好，他们有个八岁的女儿。我是学校里搞行政的，老公在大学教书，有个七岁的儿子。明天他们一家三口去，但我只和儿子去。我们从彼此口中都很了解对方的家庭成员，只是没见过面。而且他老婆肯定不知道有我的存在。但同去的其中一个同学了解我们所有的故事，我是不是应该知会他一声？如果去了，我应该能跟他保持礼貌的距离，但怕他会意外。

—

{ 答 / A }

友达以上、恋人未满，这个世界有太多这样暗流汹涌的关系，像城市的地下管道，不露声色地做着供给，而人们并不能听到流动的声音。

类似你和初恋的这种关系，要说对彼此没有价值是不可能的，好歹也是心底的一抹温柔，但要说有太大价值也不会，无非是锦上添朵花，不会为了绣这朵花把自己扎得放血。在这种关系里，通常男人比女人更紧张。因为在情感的灵敏度上，男人普遍不如女人，男人有些异样很容易被老婆发现，一被女人发现，会各种精神刑讯逼供，从此不得安生。加上他老婆是想骂人就骂人的炮仗，他不会轻易去点那个捻子。我觉得吧，他一定不希望你带着孩子去参加这次活动，那就是开辟了正面战场。这个战场不一定是打起来的战场，但一定是较量的战场。这对男人来说是一件添堵的事，因为男人不像女人那样注重过程，他要的只是远离家庭的一个精神慰藉，最好完全没有交叉点。

你心里一定明白不去为好，这种事换位思考一下就行。比如有个机会，他带着孩子来参加有你们一家三口的活动，你一定会不自在。你和老公任何一个夫妻间正常的小动作都会不好意思做，别人开开你们夫妻的玩笑你也会尴尬。虽然你们说好了不伤害家庭，但是人都会忌妒，没看到也就算了，面对面了，或多或少都会有背叛感。何必置自己于混乱之中呢？

那你为什么还会想去呢？你给自己的理由一定是冠冕堂皇的：我知道我们的定位啊，我能客观地、不带偏见地评价他妻子啊，我没想得到更多啊，这只是巧合啊，我并没有谋划啊……但事实上你是想去会一会的，一是好奇他们的夫妻关系、家庭情况到底怎样，女人是很想知己知彼的。二是你不带老公一身轻地参加，自己反正没压力，想看看烤架上的他怎么表现。我相信你确实也不想搞出什么大动作，你也没有对自己的婚姻有明显的不满，但作为不被对方妻子知道的一个隐秘存在，会有些俏皮的优越感吧。

我觉得我是拦不住你要去的心的，你想问的无非是“要不要知会他一声”，你怕他觉得你太有心计，手伸得太长，影响他对你的观感。是啊，所以我的回答是，如果你一定要去，当然要知会他。毕竟他不是南非总统祖马，三四个老婆都可以一起出访，没有任何心理障碍。

当然，你们没走那么远，但你们依然是特殊的关系。难得双方有理性不恣意妄为，就坚守这份退让吧。不去考验，不去冲突，永远爱护对方的脆弱，一半凝视，一半远望，一半听声，一半想象。再微妙的男女关系也要识相点。

还记得《泰坦尼克号》吗？ Rose 眼看 Jack 冻死，沉入了大西洋，永失我爱，主题曲的安慰是“You are safe in my heart”，至少你在我心里是安全的。那些我们无法抓住的，那些注定会失去的，他们在一个地方是永远安全的：我们心里。

另：这位女士是昨天晚上给我写的信，今天给我留言了：我知会他了，他说那又没事。但是，结果，我去了，他没去。

—

QUESTION

10 / 53

机关男都是可怜虫

{ 问 / Q }

鲁瑾姐，一整个春节假我都陷在苦闷中。我今年三十七岁，老公三十六岁，结婚八年，儿子六岁。外地来杭，目前在杭州有稳定工作，分别在某机关某事业单位工作。在杭州目前有小房一套，小车一辆。日子应该还过得下来，可老公不想过了。原因是年前，老公单位晋升职称，没他的份，比他小的，跟他同时进单位的都有份。因为领导没提他，他很失落，觉得这次上不去，单位的名额又有限，得再隔好几年，就他的年龄，升上去已无望……他把这所有的问题都归责于我，认为我几个月前发给他的一条短信（当时他和他领导坐在一起吃饭）被领导看见了，领导说你老婆不支持你工作，催你回家之类的，从此就不再待见他，处处为难他，导致了他现在的处境。生活中的老公，智商很高，会做一手好菜，对儿子也有耐心，对他父母极孝顺。公公婆婆唯一的心愿就是儿子能“青云直上”，婆婆在家中多次向我“明示”：老家某对夫妻，老公要上调北京了，最后被老婆告了，老公被打回了老家……最后夫妻也离婚了，那个蠢老婆是没有得到什么好处的……经济上我们互相独立，我的收入不比他少，从不花他一分。他这次过年竟然问我爸，我平时都给了他们多少钱（我父母在农村，没有收入，平日生活我们姐弟四个基本平分。我公婆有退休金，从不用我们给。），我爸气得差点心脏病发作。

这样的日子，我还要过下去吗？我过下去的唯一理由也许只是让儿子有一个完整的家。

—

{ 答 / A }

我一个做媒体的好朋友，未婚，总有人给她介绍对象，她给出一条杠子：政府机关的不要。她觉得里面的人一辈子都只盯着处长、局长、主任的位置，谨小慎微，阿谀奉承，在夹缝中求生存，领导说红烧肉好吃，大家都去吃红烧肉，领导微笑一下，大家得跟着哈哈大笑，完全没有审美意义，你老公应该就是他们中的一个吧。

这对处于其中的男人来说，大概是很矛盾的。进了这个江湖，不按这个江湖的规矩走，永无出头之日。按这个套路走，就过得不像人了。如果个性强悍，或者为人活络可能还好一点，而那些肚子里翻江倒海，场面上不会应付的人在这个江湖真的会非常分裂。我估计你老公就属于这一类。你看他做一手好菜，对儿子有耐心，孝顺父母，说明他是一个做人用心的人，也懂得基本道理，但他在领导那儿真的特别紧张。老婆发个短信催他回家，他不愿意实话实说，说句老婆病了总可以吧，领导的老婆也会生病的，不见得就不理解，可他就像被领导抓住了把柄一样不安。没有把领导陪好，有了打扰，是天都要塌下来的事。

在我看来，当个科长看处长眼色，当个处长看局长脸色，没什么差别，但他们又不能像我，工作之余还可以在网上写文章求赏，他们的一举一动都被盯着，不能说错一句话，不能多走一步路。他们只有华山一条道，好坏向前走。同事之间你升我没机会，互相都是防着的，这种警觉当然会带到家里。再说，如果没机会贪污，他们也没见过什么大钱，所以，叽歪你有没有补贴在农村的娘家也很正常。这样的人是现代荒诞剧常常表现的角色，是用来探讨人性异化的。这么一想，你就明白了，他只是个可怜虫啊！和可怜虫在一起，是要有点高度的。

要么就是怜惜他，像对一个精神病人；要么离开他，不好玩啊！

就现在的情况，你是想把日子过下去的，是他受不了打击不想过了。你先搞搞清楚他有没有外遇，因为一般机关男人在家庭问题上都是能稳则稳，红旗不倒，装个道德模范。但不能排除他遇到能帮到他的女人，他也会反水。如果没有，那他们一家对你不满应该是因为你帮夫不够。这种家庭是欺软怕硬的。我一直有个心得，对直接的人你可以弯弯绕，对弯弯绕的人你可以直接一点，打个差异球。具体来说，你可以把他约出去，约到咖啡馆什么的，穿得尽量优雅迷人，化个妆。一杯咖啡落肚，你就问他：哥们儿，你到底想怎么样？结婚这些年，你做了什么，他做了什么。你感激他的部分是什么，受不了他的部分是什么。你可以坚持每年补贴娘家合理的钱，你可以跟他说：在你们政府人员还没有把养老普及农村所有人的时候，做女儿的无法看着父母老无所依。如果你们怀着改良社会的政治理想，而不仅仅着眼于成为一个处长，也许我可以尽早地卸下养父母的包袱。另外，你会尽量去理解他的工作，但老婆给晚归的男人发个短信天经地义，上司的老婆也一样。别以为上司的老婆都不管他们，如果不管他们也可能去找小芮了。

平时在单位里压抑得像条虫一样的你老公，看到你这个架势，说不定想拉起你去开房间呢！

对这种唯上的机关男，先练练你的气势吧。

—

QUESTION

11 / 53

出口恶气就过去吧

{ 问 / Q }

Hi！瑾，新年快乐！假期的最后一天遭遇狗血故事，却还是打上鸡血开工，想想自己其实还是蛮拼的。对的，我再次遭遇了老公出轨，上一次，是七年前。所有的戏码重演了一遍，他请求原谅，保证分手，坚决不同意离婚，一样的句式“看在我们 × 年的分儿上，看在双方老人的分儿上，看在儿子的分儿上，原谅我最后一次……”，不同的是叉号代表的那个数字，上一次是十五年，这一次是二十二年，是我们恋爱至今的年份。上次我审视了自己的问题，接受了他的道歉，选择了维护自己的婚姻。而这次我没有继续下去的信心了，他是感情丰富的人，每每出轨，都是动了真感情，我不想再次面对相同情形。可是这次，他抛出儿子即将面临中考这个理由。您若没空回复没关系的，其实把这个吐出来的过程，也是我梳理自己内心的过程。它能让我从那一刻的悲伤愤怒中慢慢抽离出来，同时问自己，想要什么，该怎么做。现在还没有答案，相信会有的。他告诉我他已和她谈清楚了，他们删除了彼此的微信和电话，不再见面。而我关心的不再是这是不是真的，而是像他这样的男人，有可能不再对其他人动情吗？我心里的答案是，不可能。我只是对彼此的情分、对这个家，还有不舍。

{ 答 / A }

你的心里已经有答案了，你需要的是除了儿子中考以外更多的接受这个答案的理由。

感情丰富的男人其实蛮可爱的，他们多情、软弱，给像你这样条理清楚、自我情绪管理能力强的女人一个指点江山的机会。生活里，大大小小的事，他一定非常尊重你的意见，在两人意见不合、吵架时他通常会道歉，他还会很细致地跟你沟通他的心路历程，让你看到他的全部，他会从精神上尊重女性，而不像那些“直男癌”患者，埋头只顾自己，不善于交流，乏味粗鲁，无法沟通。

当然，感情丰富的副作用就是像你老公这样了，几年开个小差，出个轨。也正常，丰富的感情没有新鲜对手偶尔交流一下，就像钝刀没有磨刀石一样。当然，这是违规的。一夫一妻的婚姻制度对男女双方来说是至今最公平的制度，你没机会，我也没机会，成交！这样才能把财产什么的合起来，形成一个合作社，谁都乱搞，这“大锅饭”怎么吃？没保障怎么敢投入呢？乱搞的人也是懂这个道理的，所以乱搞归乱搞，婚是能不离就不离的。拆一段感情总比拆一间公司容易。我不是贬低感情的意思，但享受感情和经营感情是两码事，你老公也明白，所以，没被发现就吃点闷食，被发现了嘛，就只好挥挥衣袖。

现在你家的情况，你老公就好像一个犯错的孩子，回家来等待惩罚。你说他每次都动真感情，可是你看，真感情也就这样，家庭对他更重要。现在他心里的煎熬比你大，一是他不知道在你这儿是否还有机会，如果你坚持离婚，作为过错方他没什么好果子吃，财产、孩子都没得争，一切要从头开始；二是从正确的三观来说，不伦之恋不能同情，但就像流浪猫也是一条命，那毕竟也是一份感情。他让一份感情戛然而止，心中也是有痛的。作为男人，还会有对对方的抱歉。

当然，咱再懂得，再悲悯，也做不到像圣母一样把迷途的羔羊抱在怀里。该忌妒忌妒，该发作发作，该折磨折磨。美剧《绝望的主妇》里，妻子对出轨丈夫的报复包括：递给他的“可能太凉”的咖啡把他烫个半死；他用园中水管的时候一提起水就浇他一身；坐到沙发上沙发后仰把他摔到地上；他做演讲时发现做好的 PPT 中有同性恋照片……过错方要获得谅解，总要出点洋相，完全仰仗对方的宽容是不可能的。

出完气，就过去吧。

—

QUESTION

12 / 53

真文青就敢唱一场摇滚

{ 问 / Q }

我生活在南方一座小城市，今年三十五岁。大学毕业拥有了一份电视台主持人的工作，然后家人给我选了一个官二代，二十三岁我就结婚了。他家人的强势、高标准、严要求时时压得我喘不过气。结婚后我一直没有怀孕，不停地吃药，到处看病成了我生活的全部，但依然无果。公婆早已没有了耐心，对我非常不满。我终于撑不住提出了离婚。两年后，经人介绍我认识了现在的老公，他比我大九岁，那时的他给我的印象是阅历丰富，沉稳可靠，对我很照顾，对我的家人也特别好，我们甚至成了周围人的二婚榜样。我们结婚的第四年，老公开始去其他地方发展新事业，一周回家一次，而不见面的时候他不愿和我联系，我打电话他只有一种态度，烦；只有一种回复，忙。这时的他就像你在前面的文章里说到的乏味、粗鲁、无法沟通，而我似乎也不是他喜欢的类型，他觉得我太简单幼稚。后来我发现老公在微信上和各种女人聊天、谈心并约会见面。我主动和他沟通，并反省自己很多方面做得不好，以后改正。他也给我道歉并承诺再也不会这样。正当我努力调整心态忘记伤害时，发现他不但没有改变反而越发严重，发展成了约一夜情。刚开始我还忍着不表现出来，还在他面前做出努力，讨好他，可他依然很烦我。我快要疯了。后来，最意外的事情发生了。我身边的一个朋友忽然向我表白。我竟然没有拒绝。他比我小八岁，是个简单善良的男孩子。他愿意分享，很真实，我们在一起喜好相投，感觉凡事都特别合拍。生活中有了他之后我和老公之间也没矛盾了。现在我和男孩子在一起已经一年多，感情越来越深，特别美好。我没有勇气做出选择，如果和男孩子在一起，我面临的是离婚两次，不一定能有孩子，大八岁，社会舆论……坎儿太多，我胆怯。可是放手我真的特别特别舍不得，光是想想就觉得心疼。姐姐，我该怎么办?

{ 答 / A }

小城市的漂亮文艺女青年，往往心性高远，格局却很受限，这个和环境及遇到的人有关。前两年，新闻里说在北上广工作的小城青年都待不下去了，房价吃不消，生活成本高，“凤尾”太疲惫，不如回去当个“鸡头”。可过两天又逃回大城市了，因为不习惯了。虽然普天之下莫非王土，但大城市相对来说是陌生人的社会，人情、关系的重要性低一点，而小地方往往办个小事都要托关系、走后门，还要送礼。你在小城市做一个电视主持人，大面上会追求别人羡慕的人生，为此你也愿意付出，会去忍受一些委屈，比如你第一次婚姻，官二代家庭对你的精神压迫。相比我所在的杭州或者更大城市的同行，我们早就把自己定位为屌丝，完全没有人上人的感觉，我们已经被榨成了底层粉末，精神上却强势到不会为个破官一代婆婆、官二代男人不停地去吃生育药，他们要是太过分，我们会对着他们唱摇滚。

还好，你挺勇敢的，敢于结束，但又掉入了另一场不开心。在你的来信中我看不到你的二婚如何从被人羡慕突然跳转成性活跃丈夫和弃妇老婆，也许是因为最初的甜蜜过后，大家现出原形，价值观和精神追求都有诸多不同。文艺女青年的优点是能把恋爱谈得缠绵悱恻、丰富感人，缺点是碰到个不那么爱聊精神的，就会流露出对生活的嫌弃。女文青看上去很作，其实特别能受委屈，特别能让步，可粗人因为不懂，所以也感觉不到好。所以女文青的命运常常看她落在什么样的男人手里，吃你这套的当你是珍宝，不吃你这套的你不如一个大屁股洗头妹。值得欣慰的是女文青通常青春期比较长，有无龄感的优势，所以二十岁时可以爱四十岁，三十岁时还可以被二十岁的人爱。但你无须美化和小男孩的爱情，他不过是你绝望时的一根稻草，一道爱的迷药，你只不过不适应没人需要你，和你谈复杂的恋爱。当然，这也没什么错，是女人都喜欢。

要我说嘛，你就把一夜情老公踢出家门让他去风流好了。在我的进一步提问下，你说丈夫做生意资金紧张，你父母还借给他不少钱。经济上没底气又是在生意场上的男人，按理该很珍惜稳定的生活，他现在的行为说明他要么完全放弃了这段婚姻，要么做人失去了章法。分开应该是止损吧，要不然非但父母的钱还不出来，不知道什么时候还要欠一屁股夫妻共同债务。你说如果离婚，房产一半你是能拿到的。房子能拿就拿，拿不到嘛，你一个电视台主持人工资虽然不会高，但只要不过于清高，也总有些走穴的机会，和小男孩一起在小城按揭个房子也不是不可能。大八岁怎么了？不能有孩子怎么了？离婚两次怎么了？甚至小男孩以后也变心了又怎么样？这些对文青来说是问题吗？你看人马伊琍，当时和文章结婚，大家品头论足：小丈夫靠不住啊！可她说：我做好了离婚准备了。好嘛，那才是真文青。有文青的敏感神经，却没有文青勇敢的心，那就只好蝇营狗苟地混着了。

一直患得患失，也是可以的。反正现在你和丈夫各自快活，相安无事。等到他在外面失意了，或者小男孩被他爹妈逼着去结婚了，你们夫妻继续回来相看两厌。

大部分人的人生不都是这样吗？

—

QUESTION
13 / 53

感情的亏每个人都要吃进

{ 问 / Q }

2014 年是我本命年，三十六岁！和先生是同学！谈了八年恋爱，结婚八年！儿子也八岁了！我是农村来的凤凰女，他是杭州城里人！这么多年，我主外！买房买车、成家立业！刚好起来！结果他外遇了！他觉得和我一起，没有认同感！也许外遇是男人的宿命！和我生活了这么多年！我的辛苦他知道！我的好坏他也知道！东窗事发，我吃药经抢救了十多个小时又回到了人类社会！他说他知道错了！也没想和人家怎么样！对方也说是玩玩的！我到单位、到他妈妈家都去闹了！该说什么好呢！一起生活了这么多年真是寒心！我们一路走来真的很不容易！就像一部港台剧！现在成了一出闹剧！也许人生就是这样的！女人碰到这种事情该怎么办？给个机会！这是初犯的态度，我会给！如果是惯犯，还给吗？已经闹了快两个月了！真是不幸的故事大体是相同的！只有幸福的故事是各种各样的！

{ 答 / A }

看你的信我觉得都要被你烫伤了，通篇都是惊叹号，没有别的符号。我不知道在生活里，你是不是也强烈到让人无法呼吸。一个因为丈夫外遇吃药自杀，而且看上去不像是苦肉计假自杀，抢救了十多个小时才活过来的女人；一个擎着道德大旗去对方单位、婆家闹的女人，我估计你老公现在对你只有一个字：怕。

某种程度上，我很理解你。一个凤凰女，肩负着改变命运的重任。从底层上来，对这个世界是没有幻想的。如果个性比较要强，又没有通过男人改变命运的机会，也就只能靠自己吃苦耐劳了。丁书苗为了得到车皮，还给铁路干部洗衣服呢（当然她是反面例子）。不像那些城里娇俏的女子，啃着老，化个妆，戴个美瞳，读个张小娴，和男人们唱唱前戏和后戏。一个三十六岁的凤凰女已经在城市买房买车、成家立业，青春基本就是和这个世界的一场战斗，估计你也没空、没心情，或者没能力和习惯过小日子的杭州本地丈夫调个情、逗个趣什么的了。如果丈夫是和你一起战斗的，这些小情小趣倒也不一定重要，一起奋斗打天下是最大的调情。所谓你赢我陪你君临天下，你输我陪你东山再起，是相当性感的事。但显然你们不是这种关系，家里的发展主要靠你，你负责打天下，他负责对生活厌倦去找外遇。

听起来真是太不公平了，可是，男女之间，有公平吗？男女之间，一点点荷尔蒙，一点点说不清道不明的 X 元素就可以轻易挑战原配夫妻的恩情。你一个一路向前冲的凤凰女根本想不通这点，所以你自杀、你闹，你觉得没了未来。

在你的价值观里，对男女关系有着鲜明的爱憎，你用了一个字：犯。初犯，惯犯。说明你把外遇看成是一种犯罪，把有外遇的人看成罪犯。所以，你一开始像个绝望的没见过世面的喝农药的农妇，后来又像公安或者法院伸张正义一样处理这件事。

可你知道吗？感情的亏我们每个人都要吃进的，你得认了这个亏。错在对方，被动的依然是你。你总在想：给一次机会，如果有第二次呢？你从来没想过，对方也有可能不给你机会。虽然你有房有车，经济上算独立女性，但一大把经济独立的女性等着男人来安慰，穷男人一样抢手，你去万松书院的相亲现场看看就知道了。你老公，差不多也三十六岁吧，有学历，应该也有稳定工作，杭州男人，一般过过小日子也不会太差，如果你闹得他实在烦了，他分分钟可以重组家庭。

没听歌里唱吗？输赢的代价是彼此粉身碎骨，所以，喝了这杯他藏好的毒，差不多就行了。和同学一路混到现在，又一路打拼，估计你也没好好谈过几场恋爱，男人的风景也没看透。这次算上一课。万一再出事，千万不要再自杀了。到那时，签字离婚，带着你的房子，带着你的存款，从爱慕姐姐的小鲜肉到敬佩你努力的大叔，挑！你做女强人做了那么久，试试烟视媚行、泪眼婆娑地和男人缠绵，享受一下撒娇女人的好命。

到那时，一切爱恨也就都入土了。

QUESTION

14 / 53

要不要养童年性侵自己的大伯

{ 问 / Q }

姐姐，我想说说我的心结。在我五六岁的时候，父母离开我去了另外一个城市打拼事业，估计有一两年，这段时间把我留给我的奶奶还有一个一直未结婚的大伯共同照顾。然而在那段时间发生的事情成了我人生挥之不去的阴影。我被我伯父性侵了，很多很多次。但是那个时候我还小，不懂这就是所谓的性侵，也没告诉身边任何人。随着年龄的增长，我知道那就是性侵，但是那个时候父亲去世了，我没有勇气告诉母亲。而今我已经有自己的家庭，也明白十多年来与我相依为命的母亲的不易，我更没有勇气把这件事告诉她。每次回乡下碰到伯父，哪怕只有一周见一次，我都在心里歇斯底里地咆哮。最近母亲说起伯父没有子女，现在身体还好，等以后年岁较高时我有责任赡养他，我没有办法跟母亲说明……

{ 答 / A }

看了你的信，第一反应是，抱抱。很心疼你的感受。被老板吼了，可以和同事一起骂一骂，失恋了可以找闺密哭一哭，甚至被家暴了还可以报警，但你放在心里应该有二十多年的委屈和愤怒，却无人可说，无处开解。明明是被侵害的那一个，但说出来就是伤害，不仅仅是对自己，还有对家人。

儿童遭受性侵害在全世界存在，中国最新的一个数据是：2014年被媒体曝光的性侵儿童案件 503 起，平均每天曝光 1.38 起。熟人犯罪占总量的 87.87%。可以想象，公开曝光的案件只是冰山一角，农村受害人群更多。你是那些被侵害而又不为人知的孩子中的一个。

中华社会救助基金会《女童保护项目》做问卷调查：如果遇到有人不经你和家人允许，要摸你或脱你衣服，你知道该如何求助和自救吗？有 14.6% 的孩子选择了“不知道”。在选择“会”的 85.4% 的人中，有占总数 55.4% 的孩子选择了“大声呼喊”。但实际上，国内外防性侵专家都强调，如果儿童在密闭偏僻场所大声呼喊，可能会导致犯罪者起意杀害孩子。

有一个校长说：成年人无耻，孩子们无知，是性侵儿童案多发的两方面原因。这不能怪孩子们，怪我们的教育没跟上，更怪我们的法律没跟上。2015 年 1 月，江苏徐州一名父亲性侵十岁亲生女小玲，地方民政局申请撤销了他的监护人资格，这是全国首例申请撤销监护权资格的案件。法院之所以可以判得那么坚决是因为 2014 年 6 月事发后有一位张女士暂时收养了小玲，她愿意合法收养，小玲也愿意跟张妈妈生活。如果没有这个张妈妈，小玲的命运最好也是福利院，而我国，福利院的容纳能力是远远不够的。

说到这儿，我暴露了新闻评论员的职业特点。除了法律和教育，还有文化。全世界的女性被性侵都会难以启齿，中国文化里难度更大，鼓励说出来的社会支持很不够。还记得“刘嘉玲事件”吗？ 2002 年 11 月 3 日下午，五百多名香港影艺界人士举行游行，抗议香港《东周刊》刊登刘嘉玲多年前被虐裸照，刘嘉玲也上台发言作出声讨。陪在她身边的是香港五百多位影人和她的男朋友梁朝伟。他们让她有力量说：“如果这样一件令人难过的事，可以让人警觉到传媒专业操守对我们生活环境的重要性，其实我受过的伤害、尊严真的不算什么。所有的困扰和愤怒我都可以释放。”

对于儿童或者成年人的性侵犯类案件，总的来说我支持面对的态度。只有这样，才能让侵犯付出代价，从而减少同类事件，赢得尊严。

但人不是生活在乌托邦里，我不能不管处境和个性，鼓励每个人都去成为一个战士，不管她能否承受。你的问题我觉得有三种处理方式：

一、判断一下你的丈夫能否有梁朝伟的认识，如果有，你至少可以在他的怀里哭一场。小时候的事，你又是个受害者，我觉得受教育的男人群中会有相当一部分能理解你的痛，并以你的痛为痛。你对大伯是没有赡养义务的，他孤身一人自然有政府来管他。最多你丈夫出面帮他把政府帮助基金落实一下，你不用再面对他了。这当然是看在你母亲的面子上，不让她陷入纠结。

二、如果你判断丈夫理解起来有难度，或者即使理解也会有疙瘩，那么，就不说了吧。反正一个人承受了那么久，事情不会变得更坏。在这种情况下，你可以选择和母亲小提一下，表示不愿意赡养大伯。这样是为了让母亲以后不会对你有幻想，一次次地提赡养的事。得知真相后，相信母亲会有处理是非的能力。

三、谁也不说了，忍着恶心帮大伯办好政府帮助，不够的话每年多给母亲一点，不去想这钱有没有花到他身上。最近法国有件事，因为医护人员的失误，两个家庭二十多年前抱错了孩子。十年前找到了亲生女儿，经过漫长的诉讼，终获 188 万欧元的赔偿。但两家人的见面却不那么愉快，对当时十岁的孩子来说对“站在你面前的那个陌生人居然是你的亲生母亲”这件事实无法接受。最终，两个家庭决定不把女儿换回来，因为“这是我们唯一能找回平静的办法”。

虽然大伯年事已高，在他没有付出任何代价的情况下说宽恕，对你的要求也实在是太高了。但请寻找最能让自己获得安宁、平静的方法，上天会原谅我们的软弱。

—

QUESTION

15 / 53

看不透就苟活吧

{ 问 / Q }

忍不住来问你，最美最善解人意的鲁瑾姐：最近喜欢上一个不是自己老公的男人，怎么办？我和对方都是已婚已育状态，目前还处于眉来眼去阶段，还没实质性突破。但是感觉就是个时间问题。我和老公感情不错，少年夫妻过来的，都是比较有异性魅力的人，婚前彼此也谈不上忠诚，婚后老公有过一段时间的混乱，有了娃以后收心了。一直以来我也不是没被诱惑，只是没碰到有感觉的人而已，觉得这次自己完了……但是要真的发生什么，觉得后果自己未必可以承担，女人嘛，有了性难免产生爱，不像男人分得那么清楚。而且我和那个男人社会关系又挺复杂，我是弱势一方，一是逃不掉，二是我本身也挺喜欢他，不想逃，但是真的发生什么，又怕把自己所有都搭进去，觉得犯不着。而且我虽然看起来 Open，内心其实还是保守的，真的发生过关系的男人数量包括老公屈指可数，怕这次真有了什么，到时候放不下的是自己。说来说去，觉得无解啊，唉，鲁瑾姐有什么建议吗?

{ 答 / A }

唉，每个女人都喜欢说自己保守，辣姐、Open 妹也这么说，以示自己没有出格到要沉猪笼，其实欲火焚身的时候都是一样的。在女人裹小脚的年代，寡妇门前是非一样多，在大红灯笼高高挂的院落里，也有小白脸出入。人性不分远古和现代，潘金莲西门庆就出在“存天理，灭人欲”的宋代。

我觉得你吧，还没有什么就已经败了。一是说自己是弱势一方，逃不掉，立马让这份诱惑下降为办公室骚扰。二是说发生关系了以后会爱，而男人会把性和爱分开，自己会全面搭进去。反正怎么玩都是被玩，都会死。那还玩什么？没有金刚钻，不揽瓷器活，婚外性或者婚外情这种复杂的高难度动作，不适合你。

什么人什么生活，每个人都要在他的精神宽度下选择。前段时间，李银河公开了她和跨性别伴侣大侠的感情生活。她们接受了很多媒体的采访，落落大方地一起拍照，特别坦然。普通人理解这个有点难度，她爱上的是一个生理上的女性，却又说自己是异性恋。我能理解她的意思，作为一个严肃的研究性的社会学家，已经把人解剖到一块块的了，在她眼里人不仅仅只有男人和女人，还有各种第三性，理解宽度变得很大。另外，她对性的看法也不是单纯从社会道德或者规范出发，经常会说出一些大众无法接受的话。比如她说，人类性活动有三个原则，只要不违背这三个原则的性行为就属于人权范畴，就不应受到制裁。这三个原则是：第一，自愿；第二，在私密场所；第三，当事人均为成年人。在她看来，“聚众淫乱罪”是不应该存在的。

有知识有信念，对世界看得透，对自己和对别人都会有更大的慈悲。所以李银河在王小波去世后不久就和大侠在一起了，相信她并不会有心理上的纠结。现在被说成同性恋她也不会计较，她对这个世界有着深刻的认知，她的精神自由度是很大的。

但大部分人都做不到，规则之外，一切都有偷鸡摸狗的感觉。或者对自己放纵，对别人严厉。你说你和老公都是有异性魅力的人，彼此也谈不上忠诚，可能从心理上也时刻准备着到大千世界捞一把。如果你是以下两种人中的一种，你就去捞：1. 和老公从少年走到现在，腻了，被发现就离了吧。2. 要的不多，啃一口就走。天空没有留下翅膀的痕迹，而我已飞过。

不过我觉得你两点都做不到，一是夫妻感情不错，二是你这种性与爱密切牵连症思维的人也做不到。看不透的人就苟活着吧。坚守正确的三观，洗洗睡，和老公。

—

QUESTION

16 / 53

徒儿，你给我把“骚劲儿”进行到底

{ 问 / Q }

鲁瑾老师，徒儿遇到了很伤心的事情，想找您说说话。今天早上，我的前同事发给我一张截图，让我毛骨悚然，这个 APP 是可以匿名发布内容的，发布的人都是你手机通讯录里的人或者是同学录里面的人的朋友（也就是朋友的朋友）。那条内容说：某某某（我），请不要把 968 电台带来的脏骚气散发到现在的办公室好吗？部门一共就只有三个已婚男人，你每一个都要去撩骚，自从你来了，办公室每天乌烟瘴气。广电被那么多人骂风气差，就是因为有了你这样的人吧？还找到我2011年发过微博的照片发布在这上面，说我长得丑，饼脸，龅牙，眯眯眼，不知羞耻，还说一些难听的话，难听得我想打人。我完全懵了。来到现在的公司才十天，就发生了这样的事情，我的职位是运营经理。好可怕，这辈子见过的侮辱人格的话，都在今天见到了。我不知道这个同事是出于什么样的心态在讲这些话，我不知道我这样一个对人无害的人到底触及了你什么利益。我受的家庭教育告诉我做人要知恩图报，要善良，要乐观，我一个念省重点高中的人考艺术学院考了全国第六名，我会写作也会写歌，我能弹琴也能唱歌。我做公益帮助小朋友，不图回报。为什么？我该怎么办？

{ 答 / A }

徒儿，才十天你就搞得一方不安，妖气功力见长哦！哈哈！不过，像我们这样既能靠脸又能写字、写歌，读书是学霸，上班是骨干，事情做一件像一件，天天有人夸的人，不承担点儿恶毒忌妒，上天也会觉得摆不平的，哈哈哈哈！不好意思，我连带着也夸了一下自己。

严格地来说，你不是饼脸，也没龅牙，龅牙是我，眯眯眼也是我，嘻嘻！你的脸比我虽然大一点，但鉴于你1.72米的身高和运动员的体魄，这大脸相当配套，轮廓鲜明，下巴收紧，风格现代大气，不作不俗。肆无忌惮大笑的时候像个傻大妞，安静的时候文艺得像女神。加上一点就通的幽默和表达上的不羁，加上一些不计较，加上一些小狡诈……我想说的是，你离开了，但你会怀念我的，因为我懂你并能感受你的一切有趣。

但很多时候，这是个无趣的世界。在你还没出生的时候，有一个电影叫《小街》，“文革”时一个叫俞的女孩，父母被打成黑帮，她被剪了阴阳头，受尽凌辱，为了活下去，不得不女扮男装。有一个镜头是她在墙上固定一条很长白布的一头，另一头绑在胸前，人一圈圈地往前走，以这样的方式把自己裹成一个平胸。电影里双目失明的男主角有时仿佛会听到她令人心碎的呼喊：“我是个姑娘啊……”“文革”当然是系统性的疯狂，思想被愚化，但里面难道没有人性深处的恶借机挥发吗？那些无非是潘多拉盒子里的东西：贪婪、诽谤、忌妒、痛苦……

忌妒和诽谤中最常见的就是对女性容貌和性的攻击。你还记得我经常遭遇的乱拳吗？有一次说到大陆游客允许自家孩子香港街头便溺的事，我主要的意见是这里面有文明的缺陷，探讨带孩子出门更合理的预案。然后我就被骂成丑八怪、老女人、闭经了吧、塑料袋都不需要了吧、生不出孩子吧……闾丘露薇发表了她的意见，也被说成战地玫瑰？屁！每天早上都从不同的车上下来的呀……呵呵！

遇到这样的情况，我一般长吸一口气，嘴里蹦出一句：老娘们儿！这儿的老娘们儿不是指年龄大的女性，而是指一种思考和行为的方式，很多年轻女人、很多男人都是这样。

持老娘们儿行为方式的人习惯把别人所有的成绩归于堕落。章子怡为什么成为国际章？一路躺着过来的呀！范冰冰一个小丫鬟怎么赚的大钱？有干爹啊！就连我这么一个胸无大志的广播主持人，这些年都一直有人说我是一路睡上来的。哈哈哈！

但是这一切，都无法阻拦我们骚情的心。你知道的，我很多次被打成筛子，但一次次满血复活。我是打不死的，我是不会妥协的。你曾经问我，你个子这么小，为什么这么强大？我说，我信自己呀，我知道自己在做什么。我们和我们爱的人短兵相接，痴恋缠绵，敢于最露骨地表达、最强烈地挑逗；我们和同事及朋友，真诚坦荡，豁达仗义，欢声笑语，段子不断；我们对自己，最残酷压榨、最灿烂绽放。在人群中，我们同情该同情的，安慰该安慰的，但大家恪守边界，请别来挑战底线。

所以，徒儿，这次必须猛烈还击。警察通常不太会来管这事儿，但可以报警，因为报警是一种态度。对于躲在暗处的整蛊小人，你跟ta玩儿阴的你会累死，咱只玩儿阳的。你新到的地方，人们还不了解你，

80% 的大众在围观一个陌生女人的时候不会坚持正义，他们会可耻地窃笑，这你在留言中也看到了。要是反应不强烈，他们会把你当成茶余饭后，而且铁定还会有下次。这也是我今天要写这篇回信的原因，我帮你先抽丫一大嘴巴！ 2011 年，我打过一场诽谤官司，整个过程有文章记录，可以发你参考。

最后，我想说，徒儿，虽然大风大浪才刚开始，但请别害怕。如果我们这么有趣的人都退缩了，世界就更不好玩儿了。继续！你的诚恳，你的野心，你的不羁，你的放浪，你的自由之心！你给我把“骚劲儿”进行到底！

另：上午徒儿来电：昨天在办公室咋呼报警，今天对方道歉了，夫妻俩都是公司的，男的道的歉，为他老婆。事情做得这么低级，估计夫妻俩昨天也撕过了。徒儿，看在男人的份上，这次就这样吧。但请在办公室浪笑三声。

—

QUESTION

17 / 53

四十岁的女人不能再死在渣男手里

{ 问 / Q }

你好，一直关注你很久了，从《暖男》开始感动，多希望自己身边也有这样的人。我今年快四十岁了，离异，有一儿子，自己有房有车。我与男友在一起快十年了，他比我大十岁，十年前离婚时他刚好出现，对我很是关心，当时可能是心情最低谷的时候，就顺其自然在一起了。当时他并未离婚，是两年后离的，离婚时他答应过他前妻要照顾她的。虽说他对我说离婚并不是为了我，但至少我自认为我起了推波助澜的作用。自此以后他就住我家，分分合合闹过矛盾，直到 2014 年。他也不是没钱，只是都用来投资、炒股，但我一分没用到，因为从小家里条件不错，我觉得两个人在一起也不用那么计较。导火索是我要求领证他不肯，也不是不肯，说以后一定会的，所以我一直有心结。生活中矛盾就多了，他什么都考虑他自己的儿子，点点滴滴堆积起来，12 月初我们分开了，是我要求他搬走的。直到 2015 年 2 月经过朋友劝说，再想想父母年龄也大了，真伤不起了，我们又在一起了，他也准备买房子，一切皆大欢喜的样子。但我无意中发现在他离开的两个月时间，他与别的女人开房约会，甚至到那女人的地方去办事，男人真的那么离不开女人？我不知怎么做，何去何从？

{ 答 / A }

女人真的很好追，什么样的渣男，给点温情，有房有车的女人都愿意倒贴。现在的女人老说要自己赚钱买花戴，觉得这样一切主动权都在自己手里，可是，你不图别人的钱，图别人的感情一样是有软肋的。你看你有房吧，生气了把他赶出去了，可最后依然被动。所以有时候，觉得乡村的那些明码标价反而是更现实的人性：男人拿彩礼来！

拿不出彩礼，结什么婚？没有女人会跟你。考量男人的方法简单粗暴，能立足再成家，别拿感情混事儿。这样就算生了儿子你就远走他乡，女人至少还落得三片瓦藏身。

你的这个男人吧，有点像门客。什么是门客？门客是古代有身份和地位的人收养的有学问、有技能的人，三教九流什么人都有，其实就是大户人家的人才储备库。男人寄居在你家，自己的钱用来炒股、投资、养儿子、养前妻，在你这儿负责扮演男主人，撑个场面负责日常生活。他和你自始至终都不是那种相濡以沫的感情，是一种准雇佣的关系。听过一个故事：一个女人，也是找了这么一个类似的门客，住她家，做饭给她吃，无微不至地照顾她。后来女人出轨了，他最大的痛苦不是忌妒，而是觉得地位不保，他要求女人存五十万到他账户做保证金，这样就答应留下来继续照顾她。门客其实是找一个能混日子的地方，没想着有朝一日真的成为家里人。再说你虽然没用他的钱，但也不是可以给他很多的女人，而且还对一直没用到他的钱心有不满。你不过是个小康，他并不能凭借结婚多得点什么，还不如继续做浪子。你把他赶出去，他这种小气男人可能连租房的钱都不想出，不去找女人难道天天住宾馆啊！

你把这样的男人找回来干吗呢？女人二十岁的时候喜欢老男人，那时觉得周围的小毛孩啥也不懂，成熟男人样样搞得定。你现在都四十岁了，人生的道理基本上也都弄懂了，也应该明白了，不是所有男人长到四十岁都懂事、都明事理的，相当一部分男人，年龄长了，收入没涨，心眼儿倒长了不少。虽然可能比二十岁的会说话，但更计较得失，更警觉利益。你说你请回这么个菩萨干吗？给他养老啊？

再说，现在四十岁的女人越来越吃香了，很多男人都喜欢找姐姐呢！懂事、独立、有韵味，你大可以打开思路换个小鲜肉试试。你从三十岁、他从四十岁开始，你们在一起混了各自的黄金十年，互相鞠个躬、道声珍重不送，他滚到哪个女人的被窝里从此不关你事。

女人二十岁为渣男哭泣，难道四十岁还要死在渣男手里吗？

—

QUESTION
18 / 53

人生不能光靠“意淫”

{ 问 / Q }

我今年二十四岁，工作认识了一个五十多岁的男朋友，我不在乎年龄，真心实意爱他，可以为他生孩子照顾他一辈子。他有一个老婆，感情很好，但三年前切除了子宫就性情大变，不和他一个房间睡觉，对他也很冷淡、不关心。但他对她还是有很深的感情，很疼她，不过他很少回家，在北京的时候他和我在一起，回家的时候他除了睡觉也不在家待着。我感觉他特别喜欢和朋友在一起，朋友在的时候他都顾不上我和家人。他回家后都不怎么联系我，其实他每天都有时间、有机会联系我的，所以我伤心。每次一等就是一个多月，我心都凉了，决定要离开他时他又信誓旦旦，现在保证两天给我发一次信息，可我回他信息他也不回我，我很失落，我该怎么办……他说永远不会离开我，我也答应他不会离开他，我真的不知道他这样对我，是他的性格还是他已经腻了这段感情，还是怕我等他老了的时候会离开他，对我有戒心？……我愿意默默在他背后，即使他不离婚我也不在乎，可他到底是怎么想的？

{ 答 / A }

姑娘，你被自己的痴情感动了吧？觉得自己特爱情至上、特忍辱负重、特顾全大局、特有牺牲精神吧？很郁闷花季的自己贴上一老男人，啥也不要地跟着，还换不来他的一点在意对吧？

你是啥也不要吗？不是。看过《失恋三十三天》吗？里面有段台词：对 LV 女孩来说，LV 是生活必需品，爱情是奢侈品；对你这样的姑娘来说，LV 是奢侈品，爱情是生活必需品。我估计你是一个人在北京，父母不在身边，否则，老男人到北京也不可能和你在一起，不然你爹妈早就把他打出去了。我还估计你也不是一个工作上太要强拼命，要在北京立足的女孩，否则哪有时间为一个有妇之夫生孩子照顾他一辈子？我认识的几个北京女孩，挺着快生的大肚子，晚上八点多还在回家的地铁上，饭都没吃上呢。当然也有可能，这个五十岁的老男人有钱，说起来你要照顾他，实际上啥也没有的你是拿青春赌个明天。

我不跟你讲三观，只分析你是否赌得赢吧。

一、你和老男人智力不对等，他说什么你信什么。他说他老婆切除子宫后性情大变，冷落他，不关心他，你就觉得你收留了一只受伤的羔羊。可是姑娘，子宫和性情没有一毛钱的关系，就算切了卵巢最多也只是性欲下降一点，这还包括心理因素。老婆不理他肯定有其他原因，类似于他的不着家啊，太爱玩啊，没责任心啊。老婆跟了他这么多年，一定是心冷了才跟他分房睡，不指望他什么了，放弃了沟通。你看，老婆不要的男人被你当成个宝捂在心尖上。

二、你说你不知道他这样对你是他的性格，还是他已经腻了这段感情，还是怕你等他老了会离开，他对你有戒心。我想说你想多了。他都说了和老婆感情挺好的，你因此也不敢妄想上位，想退而求其次成为一个固定情人。很多男人不排斥一个小情人的存在，可以帮他重拾青春的欢喜，但很烦原有生活被打扰，某种程度上他更希望你是一个驻北京站性伴侣。何况他一个兄弟如手足、女人如衣服的男人，哪有这个心力好好经营感情，分给原配的时间已经不多，天天还要跟北京请安？大王他做不到哇！他跟你保证两天给你发一次信息只是被电话这头的你的哀怨弄烦了，你一定会说：你不保证我不挂电话，他为了尽快挂电话就说“好好好，我保证”。你的认真对他来说就像一团鼻涕。

姑娘，最后我想说，我不敢看不起爱情，对爱情的投入是精神世界最丰沛的部分，就爱情本身没有什么值不值得的，哪怕对方是个渣，你自己感觉到是爱，也是赚的。但你的思想还没到这个高度，所以只好帮你来撕掉一部分面纱，看清了以后你再决定要不要站成一块望夫石。

—

QUESTION

19 / 53

大家都是杂交品

{ 问 / Q }

鲁姐，看你的专栏也很久了，自己的心很乱，想让你帮忙出出主意。结婚两年，孩子刚满周岁，最近我和老公的关系越来越有种“道不同不相为谋”的感觉。我父母做生意，家境殷实，我从小也比较任性，但是比较坚强独立，我在外企工作，收入比较可观，车子房子，家里赞助一部分，自己贴一部分也都置办好了。那个时候家里催着赶紧结婚，就和一个生活没情趣，约会永远是路边摊的凤凰男结婚了。打动我的是一封长信，除了表达爱慕之情外，里面还附带了一封保证书：假如我们以后结婚，他承诺毫无保留地照顾我一辈子，如果双方离婚，无论原因，他承诺放弃一切财产。可后来跳出一个把他当备胎的前女友，一直到我们婚后，他和前女友都没有断了联系，从那以后我们两个就争吵不断。怀孕后他不再和前女友联系了。但他的工作性质常年出差，我一个人大着肚子又要工作又要装修房子，说句不好听的，我是把自己当男人在用，脾气也越来越暴躁。结婚包括装修房子我拿出的都是自己存的私房钱，我也从来没有计较过。而他的收入不及我的一半。单身的时候我一年买几个名牌包包，出国旅游几趟，自己买花自己戴，而现在买件衣服、下个馆子都要被他唠叨许久。出去吃饭、逛街第一句话就是问贵不贵，要多少钱。结婚前，我是一个精力充沛，精致，文艺，对生活有很多憧憬和向往的女孩，婚后的日子，我变成十足的黄脸婆，身材走样，每天计算着柴米油盐。结婚后他也暴露出他真实的面目，就是粗暴，大男子主义，一吵架就离家出走，婚前的千依百顺都不复存在。我该怎么办？为了孩子也勉强坚持着，但是心里已经做最坏的打算了，假如离婚我自己可以养活孩子，虽然会辛苦但至少不会这么压抑。请鲁姐帮我出出主意，有价值的建议，我会给大赏的。多谢！

{ 答 / A }

看到最后的话我马上开始写回信，我一定要比你家凤凰男做得好，女王说：小鲁子，来，说说看，说得好，本王有大赏！必须第一时间回应，表现出大喜过望，甩垂袖子喊一个：谢主隆恩！

但凤凰男和你的关系比我复杂，我万一说不到点子上，最多换你一声“哼”，少拿点赏金，属于局部互动。他和你是夫妻，低头不见抬头见，厨房不见床上见，属全面互动。夫妻的互动和主子奴婢的互动有本质的区别，不是一方发号，一方答应；一方施令，一方执行。清宫剧看多了，难免娘娘角色代入，把夫妻关系当成雇佣关系。可就算是雇佣关系，清宫那套还得有皇权文化支撑，现代社会也行不通了。老板话说难听了，员工分分钟拍桌子。员工卖力干，老板还要承诺年末裸奔，现在可是个互相讨好的年代啊！

可是，你从来没想过，苦逼的凤凰男也是需要讨好的啊！

显然，在你的潜意识里没有考虑过这个问题。你觉得他找了你简直是捡了个大元宝，祖上烧了高香。一个约会只能吃路边摊的凤凰男，找了个家境殷实的老婆，有房有车，拎包入住。他该为这份幸运对着被雾霾遮住的老天爷天天磕三个响头，然后当个三从四德男。不管在家是否从父，以后是否从子，反正现在必须从妻，并时刻检点自己的夫德、夫言、夫容、夫功。这么幸运的人必须通过各种政审：怎么可以有还联系的前女友呢？历史不清楚！外出吃饭怎么可以问贵不贵呢？不得体！吵架怎么可以离家出走呢？没有通过忍耐测试。

他离一步登天凤凰男训练营的毕业标准真的还蛮远的。

可是，凤凰男难道就不能有前女友吗？前女友把他当备胎，食之无味扔了，被你捡了又想要了，冲上来搅一搅也就是女人的不甘。他也没怎么着，最多不好意思翻脸而已。要不是这个前女友，你可能还不一定要他呢，饽饽好不好吃不重要，关键是要有人抢。

作为一只千年备胎，你老公真的也不容易啊！估计他也很想对你们念《简·爱》的台词：如果上帝赐予我财富和美貌，我会让您难以离开我，就像我现在难以离开您……每个人的处事都会带有他生活的烙印，凤凰男、凤凰女，吃家里的大锅饭长大，你让他花几百块钱去下个馆子，当然会觉得贵。如果他不考虑工资只有你的一半，当自己是有钱人的女婿，大可以练习一下发音问：老婆，想吃鲍鱼吗？然后等着你付钱。那时你也会不爽：没钱充什么大爷啊！

可怜的凤凰男，他为了和你在一起能做的最大承诺是不占你便宜。天天出差也赚不到让你看得起的工资。他无法跟你说：老婆你歇着，装修我来，班我不上了。你是以一个富二代的标准在要求一个凤凰男啊！你嘴上说的不在乎结婚装修的钱是你出的，可但凡他顶嘴，他和你意见不合让你不爽，他无法把一切搞定，让你不用劳累，你都会觉得他的良心被狗吃了。一个永远达不到老婆标准的男人，是无法从容淡定像电影中的男主角的。你所有的不满一定会表现在脸上，可能也会形成语言暴力，在凤凰男心里最薄弱的地方捅了一刀又一刀。你看不到他流血，只看到他夺门而出，可是，这是你买的房子啊，他不离家难道让你离家啊？

从你的角度，你本来已经衣食无忧，精神层面应该是生日有个好友夫妇一起来参加的Party，韩寒开了餐馆一早去排队，穿着小礼服带着肌肉棒棒、笑容暖暖的老公和孩子参加辣妈比赛，偶尔在热带的沙滩上和老外帅哥眉来眼去。那你干吗不等等Tony呢？干吗找铁蛋啊……我也真的理解你的不容易，凤凰男有很多缺点：自卑、脾气闷倔、过于敏感、不会哄人、吝啬、自负、精明。但现在已经没有血统纯正的天鹅或者地道的癞蛤蟆了。这是个“杂交”的时代，社交舞会上穿拖地长裙的公主的父亲可能是城中村的包工头，而北大的很多保安英语倍儿溜。大家的区别只是第几代“杂交”而已。

还有一点，身材走形和凤凰男真没有直接关系，你找个Tony，生了孩子也会有臃肿期。我想说的是，在婚姻中要有自省精神，先自省，再省人。这省那省反复省，都省完了，还过不下去，再考虑要不要撕毁合同。不过，要以他前女友为前车之鉴，别等有人看上你老公了，你才想起来，凤凰男好像也不是那么一无是处嘛！

到那时，你就真正被动了。

我说得这么难听，有赏不？

—

QUESTION

20 / 53

跟前男友谈什么未来

{ 问 / Q }

姐，我和前男友分手有八年多，异地恋两年多，分手的原因其实到后来就是一些误会，他提的分手。分手后我来到他所在的城市，努力工作，只为证明自己并不差。中途他来找我解释，我没有理会。当然，我很爱他，但在当时就觉得我要倔强地在他的城市，没有他也可以生活得很好！后来，我结婚了，老公的老家在农村，努力上进。这期间和前男友很少联系。他一直不肯结婚，迫于家庭的压力，五年后结婚了，结婚前一天来找我，说只要我不同意他结婚，他就不结。两年后他也有了孩子，但我们始终都放不下对方。我和老公之间也因为性格上的差异在很多方面意见不统一，老公曾提出离婚，但我知道只要我有所改变，他不是真心想离。我们靠自己的努力在杭州买了房，我在想，是要继续过现在的日子，还是大胆地为自己活一回？可是一旦离婚，对孩子会不会有很大的影响，还有就是再和他结婚还是一个未知的未来，这样折腾有意义吗？

{ 答 / A }

首先，这不是一个鸡毛信送不到的时代，信息如此发达，没有人会单纯因为误会分手。你其实很清楚这点，所以，他来解释你不听，他结婚前来找你你不理。现在为什么动摇了呢？因为和老公的黄金相处期过去了，生活又露出了贫乏可憎的一面。作为一个有夫之妇，也没什么别的机会，只能动一动前男友的脑筋，美化包装一下重新上市。

说实话，跑到已婚前女友那儿说：我明天要结婚了，你只要不同意我就不结，这样的男人基本具备了渣渣特色。作为前女友不愿意看透这点也是可以理解的，就像有人跟我说，鲁瑾，你完全可以靠颜值吃饭，我也会相信一样，这是我们热爱的幻觉。幻觉用来自我麻醉一下是没问题的，但反正我不会当真到辞职去横店找机会，你呢？

婚外迷恋也分好坏两种，好的婚外迷恋就像一道柔和温煦的光，有一些甜蜜，有一些惆怅，有一些幸福，有一些伤感。肯定对方的能量，同时看清生活的真相，不求那么多，只爱一点点。而你们这种就属于不好的婚外迷恋，跟农民起义似的，它的原始诉求是砸烂一个旧世界，但并没能力建设一个新世界。你和前男友，如果真觉得互相是这辈子舍不去的爱，有一万个机会不用到各自生出孩子才来叽歪，连一句“恨不相逢未嫁时”都不好意思说。

你问我这种折腾有意义吗，这个要看你折腾的目的和能力了。有个美国人麦克唐纳，在他们物物交换区登了一则广告，想以一枚红色回形针换取一个较大或更好的物品。随后他用回形针换到了一支鱼形笔，用笔换了个陶瓷把手，这么一路换下去，最后换了套房子。故事的真实性我没考证过，我只是想说如果能把一个回形针折腾成一套房子，这个折腾就值。你现在想折腾的是离婚投奔前男友，你的“物物交换”过程可能是这样的：第一步，把一个有房、有老公、有孩子但合作上不怎么完美的婚姻换成离异、单身、带孩的妇女，这个妇女可能没房住，或者有一半房款，再要不住着房欠一半房款。第二步，把这个负担沉重的妇女换成一个介入前男友婚姻的第三者，怨恨地看着前男友家里的灯光，或者跑到他家楼下闻着他家飘下来的菜香发疯。

第三步之一，经过一场血战，撬掉原配，登堂入室，然后在惨淡的灯光下看着资产大幅缩水的前男友的脸，突然想起八年前，你们分手并不是因为误会；第三步之二，在血战中，前男友像结婚前一天站到你面前一样来找你：如果你放过我，你想要什么你说。

到那时候，你连意淫“这个世界还有一个男人爱着我”的机会都没有了。

说完了，想折腾就折腾吧。

—

QUESTION

21 / 53

女神怎能上演老娘舅

{ 问 / Q }

鲁瑾老师，一直关注你的“黄色信箱”。我快四十岁了，大学毕业就随丈夫出国，在国外旅居多年，硕士学历。老公很优秀，是精英，对我也一直很好，女儿十岁。两年前我回国时重遇了以前的同学，当年我们互相有过好感。二十多年未见，他算是事业有成，且依然很文艺，儒雅，有艺术气息，是一个能读懂我的男人。我们都属于在感情上经历不是很丰富的人，配偶都是第一个真正意义上的男女朋友，最终我们没有以理智控制好感情，跨越了不该跨的一步，很美好而且刻骨铭心。他说对他来说是圆梦，因为我是他可望而不可即的女神。之后感情进一步升温，我希望看到他更多的生活。我想看他和家人朋友出国旅行的照片，但他却始终以各种理由推托。他说照片中的信息会反映出他对老婆的照顾和所谓的纸醉金迷的生活。我感到他对家人的过度保护是对我没有诚信的表现。我那时有些丧失理智，提出去见一下他的太太,他非常恐慌,说她太太知道后会自杀,并以各种理由让我三思。最终他在我见到他太太前向她坦白了一切。见面时场面出奇地冷静，他们也是经高人指点有备而来，大家都没说什么，五分钟后我离开了。之后我陷入了人生中无比的黑暗和痛苦，痛不欲生，觉得一时任性让自己如此不堪。在离开故乡前最后一天，也许怕我一时想不开他才同意见我最后一面。我还是很留恋他，对他有很深的感情，他是唯一一个让我品尝到爱恨情愁的男人。他说他需要灾后重建，只有走出来，我们将来才有可能以同学的身份相见，现在也证实了这不过是善意的谎言，因为我们无法成为朋友了。三个多月了，我努力不让自己陷入抑郁症的深渊，很痛苦的疗伤过程，一个如此亲近的人此生再也无法联系了，忘却根本不可能，在抽离感情的过程中，爱恨此消彼长，觉得自己如此不堪，没有尊严。我的事例也许没什么普遍性，但也想听听鲁瑾老师的看法。谢谢！

{ 答 / A }

你像个烈士一样坐在他太太面前这一幕，文艺点说叫为爱孤注一掷，粗俗点说叫撕逼。你在国外这么久，不知道能否理解这个词，可以百度一下。

爱是一件特别美好的事，但对爱没有一点谦卑会让爱的品质下降。你作为一个第三者，理直气壮出现在他家人面前，心中一定是怀着某种优越感的。这种优越感除了幼稚地认为他对你才是真爱以外，还有你的海外中产精英背景。PM2.5 只有 10 以下的地方的人，觉得天天吸着废气的人，应该对清洁的空气和纯洁的爱情有顶礼之心，做不到把你奉为上宾至少也会自愧不如吧。可是，人家冷静而强悍地应战了，他们在自己的地盘上兵来将挡、水来土掩。中国的土豪早就不可小看了，你只好落荒而逃。

你这么做很不厚道，要说这是为直面爱情吧，你怎么不先跟你老公摊牌呢？你不过是仗着你是他的女神，俯瞰他的所有。女神都把爱给他了，他怎么能还有保留？女神可以两边光鲜，他忠不忠可看行动了。他这二十多年所有的积累、经历，在高贵的你获得的爱面前都应该不堪一击。女神往那儿一站，应该众神喊退。可现实超越了你的经验，女神在黄脸婆的八卦阵里一出场就怯了。你现在的痛苦不仅仅是失去了这个男人，更是以完败的方式被挪出了局。你失去了他，失去了女神的地位。

什么是女神？女神是年轻时的清纯背影，年长时的包容慈爱。你把这个背影用得太狠了，没续上后面的。本来这份感情对你来说，是国外优越而清冷的生活中的一抹亮色，不在同一个地方更好，两情久长，不在朝暮。偶尔回国叙个旧，离开时机场拥个抱，说一声“你要好好的”，又热烈又古典，动人动己。这才符合中产阶级口味嘛！你干吗把偶像剧搞成《老娘舅》（本地的一档撕逼节目）啊？

人都是有好几面的，比如你同学，和你在一起人文、儒雅、有艺术气息，在他的日常环境里则纸醉金迷，说不定还戴大金链子呢！他开公司，和各种不艺术的人打交道，拍着不艺术的马屁，送着不艺术的礼，陪着不艺术的人，喝完不艺术的酒醉倒在家门口，必是由不艺术的黄脸婆来收拾残局，难道让女神来收拾？本来你是他的光亮，他努力地隔绝这些不艺术，以最美好的、艺术的一面和你交往，也没跟你的精英老公吃醋，要我说，你已经赢得人神共愤了，还作什么？他原来只想举头望女神，低头走己路。你不在天上待着，偏在路上横着做什么呢？要做七仙女你也不是单身啊，再说你不知道董永是个粗人吗？

我知道你现在受挫感很强，各种不堪。作为一个彬彬有礼的社会上层女性，一路顺风顺水，没经过风浪。但有这段经历没什么坏处，爱有多销魂就有多伤人，在爱情里大家都是浑蛋，没有难堪的人，你也不用反复抓心挠肝。在蓝天白云下继续和精英老公、美丽小公主一起营造广告中的生活画面。五年以后，大家都平静了，也许你可以打个电话给他：以前的事对不起，如果你的孩子出国学习需要帮助，我和先生愿意帮忙。

再秀一次高冷，那时，也许有望局部恢复女神地位。

—

QUESTION

22 / 53

羊脑袋上盖个戳

{ 问 / Q }

鲁姐姐,期待能得到您的指点。老公外遇两年多了,对方比他小十一岁,在两人交往半年左右女方离婚了。女方自己开了一个小公司,两人工作时间自由,都不需要坐班。多次答应会慢慢冷淡她,但至今依旧在联系,只不过更加隐秘而已。2013 年他在家是失魂落魄、心不在焉的一年,2014 年可能老到了,也有可能掂量出了她和家庭孰轻孰重。他在我面前表现很正常,表面上待我也挺好,甚至比外遇前更好。但有好几次被我知道他们在一起，甚至他出差她都追过去。我也跟他沟通过几次，他也明确表态是要跟我过一辈子的，但依然在跟她见面。在没有好的方法来应对前，最近几个月我都没提及这事，总想着是不是应该用真情慢慢地感化他，而不是去逼迫他做出改变。她知道他有家庭，千方百计试图让我知道她的存在，好让我主动提离婚。在她刚离婚那会儿，可能他心动过，但现在我有信心他是不会主动地放弃家庭的，他给我的原因是工作压力大，而且他是个比较贪玩的人，玩游戏、钓鱼都挺上瘾的。你说我现在应该咋办？如果知道他们在约会，我出现在他们面前，然后让他当面做个选择，合适吗？我怕他们把我的宽容视为懦弱，在她没有新的对象之前，一直这么遥遥无期地下去。现在我想要有一个合适的方法来应对，促使他们分手，是按兵不动还是主动出击，鲁姐，能给我个建议吗？

{ 答 / A }

你应该没有想过退出，你的目标只有一个：击退小三，拉回丈夫，保住婚姻。你怀着这一单纯的目的取得了阶段性胜利：老公从想离婚变成不想离婚了。

不过鉴于你们仨都相对节制的表现，这场仗确实不是太好打。贪玩的男人通常会做墙头草，谁拉他玩他跟谁玩，你和小三因此都不敢轻举妄动，高手过招，有时比的不是武功，比的是谁没破绽。你们举着剑在外围互相盯着，唯恐稍一急躁就被对方一剑封了喉。老公不会主动提离婚，并不意味着不会被推着走离婚，比如小三不时地下通牒，比如事情闹开他不想面对复杂的局面等。

作为原配的利好是各种习惯、孩子、双方家庭，通常就结果来说原配的胜算大，因为婚姻是个集团嘛。人们每天在歌颂爱情，但对爱情其实并不是太有信心。爱情谈三年，启发激情的功能基本完成了，小三的面貌和原配日渐接近，对婚姻的摧毁能力就减弱了。很多男人是怕烦才不出轨的：孩子哭、老婆闹、父母空降来开家长会，鸡飞狗跳的，想想还是算了。你老公不怕烦是因为你不太烦，圣母似的等着迷途羔羊回家，羔羊想，反正姐姐你也不会关篱笆，我再玩一会儿呗。

羔羊爱玩的另一种可能是会被别的牧场收走。你在来信里还提到你用各种温和而迂回的方式给小三上课，有关忠诚、有关责任之类，这种做法就像唐僧跟孙悟空念：别打了，打坏了花花草草就不好了，都没搞清楚人家是为你在打。小三升级为大奶了，这一套也会拿来当圣经，可人家现在要念的佛经是：我佛慈悲，助我得到这个男人。我在英国玩的时候，看到乡下的牧场上跑着各种各样在吃草的羊，羊脑袋上都盖着不同颜色的戳，用来证明这是谁家的羊。你在让羊乱跑的同时有必要把戳盖上，适当宣示一下主权。捉奸这种事水准较低，你家羊的体面也是你的体面，但你可以在他们约会时肚子痛需要照顾，孩子作业需要辅导，公婆、小叔、小姑的事需要讨论，家里电器轮流坏了，你发了奖金和他分享喜悦……在他们不知道在干吗的时候，老婆大人庄严而娇嗔地存在着，时刻提醒，羊脑袋上有个戳呢！婚姻可不是一张纸那么简单哦！爱情也好伴侣也罢，都是怕扫兴的吧，兴扫多了，也就没兴了。他们必须面对严峻的形势，而不是不用坐班地在白天做自在鸳鸯。有很大可能，小三焦虑了，开始反攻，各种逼迫，拉开正面战争，那你就委屈地躲在老公身后无声地哭泣（他在家时），同时目光如炬地数她的破绽好了。

不过人生真要做两手准备，自己也不能永远等着被选择，对婚姻不一定要有洁癖，但这不是单纯给男人的机会。打完了这仗你再考虑这男人还要不要。无论输赢，这场仗是一定要打的，不战而降不是太没进取心了吗？呵呵！女人何苦为难女人，可也不能只被人为难吧。心在灿烂中死去，爱才会在灰烬里重生，那时，重新出发的你将不是一个弃妇，而是一个蛇蝎女战士。

—

QUESTION

23 / 53

大荤人生无诗意

{ 问 / Q }

默默潜水很长时间，看着你的一封封回复，内心的涌动也驱使我提笔向你揭示内心。我是一个 80 初的女人，人妻人母，结婚十余载，有一份稳定的工作，在所有人眼里都是家庭幸福的。老公对我百依百顺，很宠爱。家境也算宽裕；女儿清新可人，聪明灵气；两方父母对家事都能搭把手，对我也是疼爱有加。可我似乎永远都不满足，永远都觉得自己缺爱（或许和我的童年有关，父母关系不和睦、曾经寄养在外婆家），因此在结婚十余载里，在红旗不倒的前提下，在尽好妻母的义务下，我交过十多个男朋友，从比我小一轮的到可以做我爸爸的年龄的，从做生意的到高校老师，从身份卑微的到地位显赫的。当然我对金钱、地位并不看重，每一段感情都能让我感受到自己的价值，享受爱情的美好。回头望去，觉得自己好可怕……我该如何戒掉？

{ 答 / A }

女士，按你结婚后十几年交十几个男朋友的频率，我觉得用欢场来形容你的快意人生比用爱情这个词更准确，你说呢？这两个词的含义有些小共同点：温馨、热烈、美妙的高峰体验，但有更多的不同：爱情寻求相对稳定的皈依，欢场只求片刻欢愉，放松一晚上小心灵。

结婚前没好好谈恋爱吧？80初的人，结婚都十几年了，早早地找了个百依百顺的男人结了婚生了孩子，安顿好人生然后撒腿就跑，跑成了一匹野马。可是，为人妻母，本应该不再有成片的草原。

撇开三观，你的人生应该有别的设计。一是结婚前上天入地地玩，海陆空地玩，玩到门前冷落车马稀的时候收心做人妇。这时就像赚过大钱的人对钱比较持平常心一样，不至于见钱就上，看尽世间繁华反而可以去坐旋转木马，所谓洗尽铅华，返璞归真。二是彻底践行艺术人生，孤身走我路。国外有些女社会学家做得比你过火多了，有一边做研究一边做妓女的，有在大街上搭个棚子和人随机做爱的。

她们都没觉得自己可怕，你交了十几个男朋友就觉得自己可怕了，说明你和她们不能比，你就是一普通人。普通人的标志之一就是给你自由你都不会享受，惶恐或者迷茫。十几年在河边行走，老公没发现，或者发现当不知道，看上去你的鞋也没湿，但你自己对自己产生了怀疑，觉得没劲了。

为什么会觉得没劲呢？我不敢小看你的任何一段，但在我看来，爱情是一种深度体验，伴随着想念、失落、惊喜、感恩、痛苦、伤感、等待……它有起承转合，复杂到需要时间去完成。快餐式交往甚至一夜情也是生命体验，但却是容易让人产生空虚感的行为。没办法，我们人就是那么贱，我们的灵魂需要更丰富的元素来充实。所以，你现在的检讨相信是从“没劲”的感觉开始的。

在没见过什么世面的人那里，放纵是一件爽事，而在见过世面的人那里，节制是一种美。以前大家抢着吃肥肉，现在越来越多的人以素食为主。肠清目明，恬淡悠远。不管世界如何多元，有多少人恶狠狠地骂绿茶婊，文艺女生依然是偶像剧永远的女主角。

大荤过后清清肠吧，趁着家庭还完好，金盆洗手。出来混，迟早要还，有可能你的老实男人火山喷发，有可能危险游戏被人抄底，有可能内心无法面对女儿，也有可能信仰崩溃，觉得人生恶俗梦一场，没有一点诗意可以回味。

请对爱情保有敬意吧，温存呵护，而不是蒙面抢劫。

—

QUESTION

24 / 53

小脚老太款研究生

{ 问 / Q }

鲁瑾姐，我今年就快毕业了。我男朋友是我大学的师哥，我从来没看见过那样勤奋、认真、有自制力的男生，第一眼我就喜欢上了他。我向他表的白。可是我们两个不是一个省的，他报了南方一所知名大学，我是家里的独生女儿，不打算去南方读研……后来他说让我跟着他，永远保护我不让我被别人欺负，我就报了他的学校。好在我父母很支持我的选择，我初试通过了，再过几天就要复试了。可是我慢慢发现了我的男朋友几个缺点：1. 他是个特别自私的人，做事情有些功利，而且遇到他觉得解决不了或者头疼的事，就会逃避，像《致青春》里的陈孝正……2. 他没谈过恋爱，情商真的有点低……我大老远去学校看他，最后一天晚上我要走了他告诉我明天早上要去听报告，不能送我……我说你抱抱我，他直接告诉我他困死了……然后早上我就走了……3. 他有点社交恐惧症，平时和同学朋友还很好，可是陌生人盯着他他就浑身难受，比如他给病人换药的时候一头冷汗，病人都看出来了。给陌生病人做穿刺手抖得厉害……4. 他也是家里的独生子，家里条件也不错，可是从平时聊天我能感觉到他对父母也是自私的……鲁瑾姐，我现在特别害怕，觉得自己爱错了人，他并不是一个值得托付终身的人……我告诉了他我的想法，他居然告诉我，这么多年他一直这样，他不知道这样会伤害别人，也不知道这样不对……让我不要离开，他会试着改……学着怎么爱我。可是江山易改，禀性难移……我觉得这样的人是改不了的……

{ 答 / A }

“你抱抱我”，“我困死了”。哈哈哈哈……看到这儿我笑死了。

想起一个段子：一女孩和一男孩散步，走着走着，女孩说：我冷……男孩说：那我们一起跑步吧，跑跑就不冷了！可是，这还不是最不上道的，更不靠谱的是：男孩拉一拉衣领，庆幸地说："还好我穿得多！"……哈哈哈哈……天下有太多这样的傻小子了，你并不孤独。

为什么我觉得好笑的事对你来说这么痛苦呢？一是因为你是当事人，二是因为你很年轻，相对来说我看人看事会比你有高度。比如，你看到的是一个胆怯无趣的男人，我看到的是一个情趣基础较差、不谙风月但有心去学习改变的真诚少年。

我在你这个年纪的时候跟你一样特别在意男人的聪明得体和镇定从容。记得那时有个男生在某天中午突然跑过来找我，跟我说：突然很想你。他是个北方男孩，个子很高，但他在发抖。他不看我，侧对着我，眼睛看着远方。那时有个电影叫《莫斯科不相信眼泪》，里面的男主角叫果沙，一级电焊工，他特别自信，第一次到女主家就拉开冰箱给她和孩子做吃的，饭桌上跟她女儿说：我要跟你妈妈生活在一起。相比较，大学里的男生真的有很大的距离，女生们会觉得他们幼稚可笑，没有大将之风且不懂风情。

可是到今天我再回想这一幕，男生的发抖是多么珍贵啊，固然不够自信，但那种不笃定，那种忐忑，那种心跳到脸都快斜了的样子，多么动人，那就是赤子之心啊！

当然，即使你理解到这点，也可能依然无法说服自己他是个合适的男朋友。这个可以理解，不是有赤子之心的人你都会爱上。这本来也没什么，不合适嘛一拍两散，又不是古代，手碰到男人的身体要连胳膊砍下来。你要死要活地纠结着，在于你觉得自己亏了，本来不想离家那么远，为了他才要去南方，而他没有足够优秀配得上你的选择。这种计较让他的缺点集中放大，如果他不能在你离家前的几天时间里脱胎换骨成为一个新人，你就觉得这研究生没意思念了，去复试都委屈得不行。

你的格局真的太小了，都不如你的父母，你以为他们支持你是因为你和男朋友天生一对吗？他们可能根本没把你读书和恋爱这两件事绑在一起。对你来说，即使这个男朋友是个鸡肋，你去南方读个研究生会亏到哪里去？你是去读书，又不是去给他洗袜子；给自己和男朋友一点相处磨合的时间你又能亏到哪里去？又没有王子举着你十二点丢下的水晶鞋等着你进王宫完婚。你有什么好纠结的？另外，你通篇都在说男友的问题，你有思考过自己其实也是不完美的吗？你一个大学毕业的小知识分子，不停地说“托付终身”这样老土的话，你是不是从来没想过爱情是一件共同成长互相托付的事？你想的大约是男人把一切完美地准备好，你挎个印花包裹前去投奔就好了。

想想中国的教育真的蛮失败的，教育了半天，女人依然是小脚老太。

—

QUESTION

25 / 53

烂桃花一朵朵

{ 问 / Q }

瑾，也不知你会不会回复我，真心希望得到你的帮助。我，四十岁出头，长相一般，气质尚可，比较知性，父母高知，有份体面的工作，年轻时不顾父母的强烈反对，选择了现在的爱人，他当过兵，也是军人家庭出身，人好但满足现状，没有任何的追求，脾气暴躁，收入也只有我的十分之一。我好强好面子，家里家外所有的事全包了，儿子以优异的成绩去年去美国留学，外人看似我无可挑剔的生活里其实暗流涌动。第一段感情在十几年前，我凭借着智慧和人脉帮助一个比我小四岁的男人从零资产到目前几千万的身家，应该说最主要还是他能吃苦。我们好过，但在他疯狂爱我的时候，我换掉了手机号码，一躲就是六年，因为我们真没法沟通，我本科，他小学。再次见面，他成熟了许多，但人也变了许多，胆子依旧很大，相信富贵险中求，土豪的模样有时让人生厌，许诺随便得就像随地吐痰。但我从来没用过他一分钱，在我试探性地提钱的时候，他竟神奇地从我身边消失了一年半，可他穷的时候每天在我上下班的路上蹲守只为看我一眼。想彻底忘了他，难，有不甘，他穷我在，他好，我怎么什么也没捞到？第二段感情：机关男，恃才自傲，小清高，和他相处总感觉和领导在一起，严肃紧张。但他聪明，大家在一个平台上交流，不累，看问题也相似。他强势地爱我，我矛盾，左躲右闪，他似乎很不舒服，和机关男有过两次身体接触，没有那种心甘情愿的感觉，这也是他不舒服的地方。感情晾在那边，谁都没收拾。瑾，我就希望有个男人遇事有担当，在我遇到跨不过去的坎儿时，有人说，别怕，有我。

{ 答 / A }

看了你的信我的脑子里跳出来一句歌词：桃花一朵朵，但我在唱的时候自然在前面加了一个字：烂桃花一朵朵。我的朋友中也有这样的，某段时间混在一起的男人综合水准相当不般配，作为朋友我都看不下去。但我不会为此感到惊诧，因为人生是如此寂寞，难免挑人不太严格。

连环烂桃花通常比较容易被两种渴求感情的女人碰上。一是荷尔蒙强悍，绝不妥协的女人，这样的人比较有勇气，不问沧桑只问痴狂，好坏不管，只在乎过程。比如你，年轻时和父母斗争半天千辛万苦找回来一个没追求、脾气暴的老公，这样的人生也只能用“我乐意”来解释合理性了。二是包容力比较大的女人。比如那个小你四岁的男人，其粗鄙 Style 应该是与生俱来，不是重新出现时才有的，但你一高知家庭出身的知性女子依然可以求同存异和他肉搏。我没有学历和阶层歧视，查泰莱夫人的情人米尔斯是个大字不识的看林人，但他和夫人的交流绝不仅仅是冒着热气的肌肉，他有尊重理解和善意回应，所以，他们是灵肉的合一。你们是吗？

如果是，这段你就认了，不过看起来不像；如果只有年轻的肉，你也认了好了，生命体验嘛，比起一辈子没高潮的女人总是赚到了。但看上去还是不像，你躲了他六年呢！不能给到同等的爱按理也不用换掉手机那么激烈，我猜是他的热烈影响到你的正常生活了，而他并不是一个你可以考虑去改变人生甚至没面子以亲密朋友身份带到社交圈的人。当时你像躲瘟神一样，也顾不上讨要你觉得该得到的金钱部分，等到六年后他稳定地出现，危险性降低，你觉得是时候来谈谈这个问题了。

所以，你和他的关系是一团糨糊。说爱情吧显然不是，但上了床，说合作吧没有合同没有契约。我不知道你当初为什么要帮他，可能是女强人的通病吧：帮一个有能力，心高气傲，但对你又言听计从的男人去征服世界，从中也刷了自己的存在感。现在你的不甘一是在于对这段经历既不能认定是爱，又没拿到钱；二是在于昔日你避之不及的那团鼻涕现在打了个光，搞得跟块水晶似的反而避开你，精神上奴才主子掉了个个儿。这个是这样的，你不去要钱，就永远是主子。事实上作为一个不敢搞出太大动静的有夫之妇，这钱基本上是要不到的。出名要趁早，要钱也要趁早，你在他心上如日中天的时候要不到的钱，现在也不会要得到。你就当自己是吃够了哑巴亏的中国股民吧。

我好奇的是你和那个机关男肉体接触各种不愿意，为什么还要继续呢？是谈社会、谈人生谈到后来不好意思不上床吗？

对了，不好意思拒绝的女人也很容易碰到烂桃花。

另外，我觉得业余你可以写写小说，参加参加话剧班，那里面可能会有 “别怕，有我”的男人台词。现实中，你这么强大的女人，男人哪怕说了，你也不会信的。

—

QUESTION
26 / 53

嫁鸡随鸡麻烦少

{ 问 / Q }

鲁瑾，你好，我想和你探讨一下生活。我和老公是大学里遥远的异地恋，由于老公一直向往成为一名大学老师，所以当江西一个大学录用他时，他毅然去了江西，我在经过了一个多月的心理挣扎后，也决定跟随。我在江西待了三年。站在下一代的角度，我希望父母能生活得更好，所以选择暂时回到自己家乡工作，和父母同住，等待老公有适合的机会也一起回来。去年年底，我顺利生下了宝宝，我退休的父母帮忙带。问题来了，三代人同住，我知道每个月给父母几百块的生活费是杯水车薪，但沟通障碍还是很折磨。就像我小时候那样，跟母亲有了矛盾总是不能心平气和地讲道理。就在昨天，因为我下班去找邻居询问有关她家弃养小狗扔在小区不管的事，我父亲对我大动肝火，一上来就冲我吼，说我脑子有问题，多管闲事，那狗扰民，他巴不得它死，我却把狗看得比父母、宝宝还重要，不懂尊重父母。我自然也忍不住反驳，我说我不想我的孩子从小所受的教育就是不要多管闲事，对人对动物没有恻隐之心。我父亲、母亲一起跟我吵，当着宝宝的面，说他们付出多，我怎么不体谅。事实上，为了不让父母太过劳累，从月子第四天起，我就照顾宝宝了，整个月子里晚上都是我自己带娃，现在上班了也是一样。于情于理，我都问心无愧。我老公也一样，知道在婚姻的物质上我家出得多一点，现在爷爷奶奶也没帮忙带娃，他就尽自己所能去弥补，孝顺丈人丈母娘比孝顺自己父母多。然而现在，总是因为琐事，当着宝宝的面，要么训斥，要么争吵，这对四个月宝宝的成长来说不是件好事。于是我开始反问我自己，是不是还回到丈夫身边去等待，直到扎根一个理想的城市？毕业六年了，同龄人大多生活比较稳定了，而我们还是一切未知，这种感觉很不好。

{ 答 / A }

你老公为了他的理想，毅然去了江西，你为了你的理想，和老公分居回到了杭州，你有没有问过你的父母，他们的理想是什么？日本作家渡边淳一有本书叫《熟年革命》，他把中老年一代称为“白金一代”。年纪大了，并不意味着该像个老人的样——太太平平地过日子，深居简出或者帮儿女带孩子。年老，意味着更可以随心所欲地享受生活。我们到欧美去旅行，常看到很多年长却时髦、潇洒又快活的老人，日本的老人很多也这样。你父母六十岁左右吧，他们的理想难道只是帮随心所欲一会儿跟男人结婚后离开，一会儿又回来骚扰的女儿带孩子吗？相信你已经尽力，但你知道现在好的排骨要三十块钱一斤吗？几百块钱的生活费，当然是父母在贴补你，而这种贴补外人是看不到的，不像有的父母给孩子买一套家电说出去那么有成就感。

很多受了教育的人都嫌弃父母小市民，沟通方式粗鲁，眼界狭窄，脾气暴躁，不可理喻。有关对动物的恻隐之心，有关达者兼济天下的多管闲事，他们都是不理解的。我就特别理解你，很支持你就狗的事情和邻居交流，并认为你是一个优雅的有素质的女性。但这建立在：一、这狗不会扑上来吓我，二、你的生活烦不着我。虽然你并不娇气，月子第四天就开始晚上自己带孩子，但你和孩子给父母带来的麻烦一定是不少的，而你在为狗呼吁的同时有足够的温柔和耐心对待不完美的父母吗？

从小时候开始父母就是这样的沟通方式，你一直是不喜欢的。很多类似家庭的孩子大学毕业因此不回老家，离父母远一点，不用朝夕相处，能在自己的小家营造不同的氛围。你本来有机会洗刷基因局限，但因为对家乡的眷恋，又回到了父母的五指山。不能要求你是完美的，你也很累，既要上班，又要带孩子，还要管邻居家的狗，和父母的精神理念又有差距。但这是你自找的。

广告传播中有一个规律，对一个产品的推广不能诉求太多。比如一个洗发水，不能又管掉发，又管焗油，又管柔顺，人们记不住。所以你看日化公司就做了很多品牌来做市场细分，各管一块。人生也是如此，诉求不能太多，会把自己拉扯得分裂。拿我来说，同学朋友很多都在国外，但我从来没纠结过要不要走这条路，因为对我来说，和亲人在一起才安心。我妈高血压发作时，我能和救护车一起赶到，而不是让她打越洋电话。你的诉求要复杂很多，你尊重老公的理想，又想在浙江生活。你要是有很多钱，先买个大房子，找好月嫂保姆，可以不依赖父母，从容等着老公有机会调到浙江的高校也行，可是你没有足够的钱。

钱不够就更应该选择不麻烦、更合理的生活。你现在特别应该听一句老话：嫁鸡随鸡，嫁狗随狗。没有理想的城市，老公孩子在哪里，哪里就是理想的城市。下一代在江西和在浙江会有很大的不同吗？又不是纽约和埃塞俄比亚的区别，No Zuo No Die。你如此纠结父母的交流方式对孩子的影响，但好像一点也不在意父亲在孩子生活中的缺席。

趁着你父母还健康不需要照顾，赶紧带着孩子回到老公身边吧。现在的大学是95后的天下，95后女生可不管老师结没结婚，师娘不在，随时半夜去敲老师的宿舍门哦！

—

QUESTION

27 / 53

离婚也是一场断奶

{ 问 / Q }

鲁瑾，我三十四岁，去年六月离婚，带一个六岁的男孩子。离婚的原因很复杂，主要是我们经常吵架，为一些琐事，比如小孩发烧，我不同意捂被子他非要捂。2015 年的春节前，离婚对我没啥影响，心态很平和。但是年初三，我无意中碰到了前夫和他的现任女友。那是一个带了十岁男孩的离婚女人，他的初恋。我的心态在那一刻发生了严重的变化，从那时起到现在一直都在希望复婚。我去跟他谈，遭到了拒绝。但是我依然不死心。现在无心工作，无心做其他事情，满脑子都是这个事。还经常忍不住发消息给他。当然基本没有回复。我的纠结在于：为什么他可以接受别人的孩子，当后爸，而不能为了自己的儿子，跟我复婚？另外，我离婚那会儿没考虑到现实的残酷性。经济压力、再婚是多么困难、对未来未知的恐惧感，也是让我拼命想拉他回来的原因吧。希望你犀利的笔锋，能拯救我。

{ 答 / A }

在年初三之前，你并没有认识到什么叫离婚，年初三那天，离婚像一块黑色的巨石，从山顶滑向你。

我见过很多离婚夫妻，分开好几年甚至十几年，拎起电话还是那种理所当然的语气，和恋爱分手完全不一样。一日夫妻不止百日恩，家庭、孩子的互相全面渗透，吵闹都是家人，这种家人的感觉会延续一辈子。

你没有具体地说离婚的原因，只说是因为吵闹。我猜想你并不是被动离婚，最开始甚至有松一口气的感觉。昨天我们办公室有个女同事欢天喜地地说：老公今天出差了！所有的已婚妇女都笑了，细数老公偶尔出差自己那种放松的感觉。也许不用到点回家吃饭，在街上晃晃悠悠；也许可以在家里看剧上网到深更半夜没人吹熄灯号，完全是放个小假的感觉。你的这个小假有半年多，虽然还是要带孩子，但从此可以自己安排时间和活动，不用看对方态度，可以和闺密打电话说得肆无忌惮，甚至可以和某些异性玩点暧昧而无须有心理负担。

这一切轻松建立在你以为自己是从婚姻里逃出来的那个，直到年初三发现，孩子他爹逃得更快，快到已经脱离家人名录。以后，即使你为了孩子的事找他，也没有孩子他爹即是你的男人的那种感觉了，他已经成了另一个女人的家人。

估计在你们的婚姻里，你是精神上相对有优越感的那一个，但他比你更快地找到了下家，这真的太不爽了，但这就是婚姻市场对女人残酷的部分。很遗憾我没有在半年多前开信箱，要不然，我一定会劝你暂时不要潇洒地签字，短暂的快感后是你漫漫空独眠的日子。宋丹丹离婚的事很久远了，我一直记得她回忆的那一段：老公出轨了，为了骄傲坚持要离婚，为了像一个大写的人，恨不得手拉手去离婚。离婚后那个后悔啊，虽然已经不爱他了，但完全受不了他是别人的。

这一切在她找到下家后得到缓解并最终愈合，婚姻就像一场断奶吧，要在乳头上涂点辣椒孩子才死心。你现在要做的，是找下家。无论是能结婚的下家，还是混日子的下家。下家的一个重要的作用是忘了上家。

你也许会问：为什么一定要忘了上家？他是孩子的爸爸！孩子的爸爸又怎样？你是孩子她妈不是还挺高兴地和孩子他爸离婚了？你们都够不将就，是不愿意凑合的父母，那就别再打孩子这张牌了。GO！去找自己的人生。

三十四岁的女人太不老了，我周围四十四岁、五十四岁的女人多的是光彩照人的。只是你的心态上不要把自己当成一个婚姻待售品，享受每一份暧昧、每一份心动，所有的体验都会变成爱的滋养。你现在可能想找四十岁的男人，保持得好的话，十年后，你依然可以锁定四十岁，或者三十五岁。

别想着前夫了，相信我，即使昔日重来，你们所有的矛盾依然存在，要不了几天还想离婚。你现在唯一可以不道德地偷着乐的是：你前夫和他的初恋，也是如此。嘻嘻！

—

QUESTION
28 / 53

穿婚纱的那一刻必须是幸福的

{ 问 / Q }

鲁姐姐，最近有些事一直压在我心里，感觉快要透不过气。我跟老公是同学，即将结婚了。他在离杭州不远的家乡，我在杭州工作。我们恋爱三年，一开始的热恋当然甜蜜，每天煲电话粥。自从去年他开始忙自己的事业就很少给我电话了。中间曾经长达两三个月，甚至没有一通电话、一条信息。我以为我们就此结束了，没想到他又突然出现在我住的小区楼下。再后来因为家里的缘故，我们订婚，领证。我们约定，我在杭州工作一年回家乡。日子又恢复到以前，仍然是整星期没有电话、信息。我曾问过他，怎么都没电话短信，是不是不爱我了？他没有回答过。每周六晚上都是在他家吃饭，我心里有这个结，怎么开心得起来。他说我每次到他父母家都是心事重重的样子。我哭笑不得，这不就是一个星期一个星期的孤独积累下来的吗！年初一我住他家，年初二早上我姨妈一家人都到我家走亲戚，我妈喊我们回家吃饭。他死活不肯去，我好说歹说都不行。最后我说了句气话，今天不去，你就不用去拜年了。果真，到初五，他都不来我家拜年。为此，我爸妈既盼他来，又气他。初五他父母来我家吃饭，我妈跟他妈说了，他初六来拜年了。婚期将至，我心里有两种声音。1. 嫁鸡随鸡，两地分居没好结果。2. 我很害怕，我没有信心。我放弃事业重新开始，是否会有美好的未来？我想逃，我想说，婚礼不要办了。暂时冷静下，大家都考虑清楚，是不是彼此正确的选择。

{ 答 / A }

就你的叙述来看，我觉得你应该对结婚这件事喊停。也许爱情会褪色，也许婚姻生活本就一地鸡毛，也许不能承诺天长地久，也许对人生不能指望太多，但是女人在穿婚纱的这一刻，应该是幸福的。对生活的妥协如果没有了底线，那是懦夫。

消失两三个月后突然出现，没有电话，没有信息，这种事放在古代还能糊弄过去，进京赶考，条件好的骑马，条件差的走路，路途迢迢，就算相公在异乡路过闹市去参加了员外女儿的招亲大会，家里的老婆也当他在辛苦赶路。就这样还会托邮差送个信，一个月也能收到一封吧。你老公好家伙，以为自己是蜘蛛侠啊，神秘消失神秘出现。也就你，闷声不响地接了盘，还去领了证。这种事，不经过一番严刑拷打怎么能过关呢？招之即来，挥之即去，歌里倒是唱过“不去计较公平不公平”，可唱完一转身就能憋出一口血，你不能含着这口血去结婚。

当然也可能，他就像一些被创业的压力压得透不过气来的男人一样，女人脱光了站在他面前他都提不起兴致，我就曾经听过类似的事，男人的解释是：老想着女人怎么打仗呢？这种直男癌患者也是有的。但我还认识一个男人，工作上绝对的拼命三郎，可以三天三夜不睡的那种，家里各种不管，老婆反正一直都是等待状态，可老婆基本还是无怨无悔。他老婆对他的评价是：你就好了这张嘴！就是他这张嘴里出来的甜言蜜语像根人参吊着老婆的信心，虽有煎熬，血流通畅。我的意思是只要他重视你，即使压力山大，他依然有办法让你明白他只是辛苦，而不是忽视你。

但显然不是。就你们这样的感情品质，你还问：放弃在杭州的事业有美好的未来吗？你就这么恨嫁吗？

不过话说回来，你难道这么被动吗？两三个月里你就不会主动联系他一下吗？现在除了周末去他家吃饭，你也不会主动联系他吗？可以一头扎进憋屈的婚姻，就不能扯开来谈谈吗？

上个月，浦江一个三十三岁的新娘在婚礼前一天落跑，躲了半个月后出来说，和男方交往一段时间，两人根本无法沟通，本来以为年龄大了可以将就，直到婚礼临近才发现没有勇气面对。你要跑早点跑，不要等到请柬发了，婚礼现场布置好了，亲朋好友都到了才跑，那样从道义上来说就亏欠了。如果你是婚礼前一天问我，我就会跟你说，结吧，结了再离，因为箭在弦上，婚姻已经不是自己的了，是大家的了。

而现在，你还有时间调整。不管人生多惨淡，人总得有一点执拗的坚持，其中有一条是：至少当我穿着婚纱走向你的时候，我对你是有憧憬的。

—

QUESTION

29 / 53

男人没有女人想象中强大

{ 问 / Q }

我和他是异地恋，他在北方我在南方，由于我父母的反对，我们没有办法正大光明地在一起，每天靠着电话和微信交流。他曾经答应我今年就到我们这边工作，这样就不用两地分别了，但是最近他跟我的联系越来越少了，因此我就主动联系他，电话不到几分钟他就说有事要忙了，微信也是有一句没一句，甚至不回。问他他就打马虎眼，直到最后一次我忍受不住了说了气话想分手，他竟没有挽留地答应了。曾经因为父母反对，我提过分手，他当时态度很坚决地告诉我要坚持下去，我们互相只要有爱，坚持到底，什么困难都会解决。今天我问他为什么这次他会毫不挽留地答应分手，他一开始说是我总埋怨他，他不知道这样下去会怎样，再详细问他，他竟说其实是因为他不想来我们这里工作了，觉得在自己家那边生活会好一点，不会辛苦。他觉得身边的朋友都结婚了，很幸福，只有他还没定下来，来了我们这里我父母又不接受他，而且他家人知道我家里反对也不支持他，到我这里肯定很苦，连租房子都成了问题。他曾经说过他来我们这里会很努力，即使我家里不同意他也会拼出个样子让我家人改观，他还是同一个人吗？当初说死也要在一起的是他，现在先放手的也是他，终究是爱我不够对不对？

{ 答 / A }

最先放手的不是他，而是你们两个。为了你们的爱情，要离开家乡，放下亲人和当地积累的是他，他是更需要鼓励和建立信心的那个。原地等待的你因为是女人，觉得理所当然地挑剔他的进度，和他偶尔动摇的心。当你埋怨，当你没信心而去追问他，当你觉得违背父母应该得到更多爱的补偿，从中散发的负能量会让爱你的人不堪承受。尽管男人喜欢在女人面前表现出积极的一面，但男人远没有女人想象中那么强大。

我不知道父母反对为什么就不能正大光明地在一起，很多小三都敢给大奶发通牒，你们正儿八经恋爱为什么要跟不能见光的老鼠似的？最多父母把户口本藏起来，藏起来不结婚就好了，私奔好了，同居好了，浪迹天涯好了，没这点浪漫劲儿谈什么异地恋啊，本地相亲市场走起好了。

石康写过一篇文章《我生活在美国看不上中国女人》。他说在中国时，写作时听女人撒个娇就觉得生活有点安慰，而在美国他希望有个姑娘跟他一起使用工具建房子，而不是只在边上给他擦汗叫老公。在美国，你需要一个与在中国完全不同类型的姑娘，她首先是个有独立应付生活能力的人，他见到过比章子怡还漂亮的姑娘也能自己把一个吉普车的大轮子换上。

其实中国男人也需要帮手，普通的中国男人和石康在美国是一样的，一切从零开始，你长得再漂亮，让一个大学毕业没多久的男人搞定两地分居，搞定丈母娘，还得在你面前永远跟打了鸡血一样有信心，那是不可能完成的任务。女人们看《灰姑娘》，基本上都只记得辛德瑞拉穿着仙女变的蓝色闪光长裙走向王子万众瞩目的情节，而忘了她经历了父母双亡，在后母的压榨下天长日久地忍耐，而支持她的是母亲临终前的教导：坚强而勇敢，仁慈而善良。她被王子选中，后妈让她去争取利益，她说：不，我要去保护王子的国家和子民。没有这份单纯和坚定，王子怎么会看上她呢？又怎么会翻遍整个国家去找那个午夜十二点跑掉的农村姑娘呢？

女人们最喜欢问的是：你爱我吗？最纠结的是：你爱我够不够？这个作为两个人腻歪时的调情是没问题的，但爱情的核心还是力量。你给他的力量够不够？如果他到了南方，很长一段时间混得不尽如人意，父母依然反对，你还会捧着他的脸对他说：宝贝，我们一起努力，我不会让你后悔离开家乡的……我猜你不敢肯定，那这也是他犹豫而最终放弃的原因。

别对爱情指望太多，爱情是用来供养的，不是用来考验的。乐于奉献和承担的人才配得到最美的爱情。

—

QUESTION
30 / 53

不当土豪的婢女

{ 问 / Q }

鲁瑾，你好。我快四十岁了，我的第二段婚姻有近九年了，有一个七岁的儿子。大学我念的是艺术类专业，毕业后也一直从事相关工作。单身时收入还不错，但婚后因为他的反对我放弃了工作，理由是：1. 全职带好孩子；2. 出去工作是丢老公的脸，说明老公钱给得不够用。好吧，我愿意。对孩子我当然付出全身心，对于他，我也可以坚定地确认我爱他。他出生于农村，父母从小离异且离异后也不关心他。他第一段婚姻里有一个女儿，由母亲抚养，应该说他是负责任的父亲，给女儿最好的教育和生活。他几乎把所有的时间都花在了工作上。所以他年纪不大已然迈入了卓越的行列。可是我却觉得自己这么多年一直没有快乐过、轻松过。结婚多年，我没有听到他说一句赞美我的话，我没有一件事情做得令他满意过。更令我伤心的是，他讽刺我是二手货，并且拿我第一段婚姻里曾经出轨的事挖苦我说：就是小三的料，娶了你我真是没面子。工作不顺的时候，他会指责我不旺夫，简直令我心痛。我生病的时候没有人关心，连个电话都没有。孩子全是我自己一手带大，多少次晚上生病，我从没有辛苦他。我真的也需要关心和爱。他这种刻薄的样子，我真的真的完全不想和他有亲密的举动。可是，他又会说我连他的生理要求都不能满足。我觉得婚姻已经有一种拖累我的感觉，真的想放弃这段婚姻了，尽管我知道我不可能分他财产。我明白也不是他人不好，或许因为我不是他的菜吧。能听到你的意见吗？我怕我自己是太矫情而不自知。

{ 答 / A }

你完全不矫情，你所想得到的都是真实存在于我们内心的对情感的基本渴望，得不到尊重和爱是悲凉的人生，快四十岁了，该重新审视过往。

在网上看到过国内外征婚广告的差别，同样是女性，国外的是这样的：女，三十五岁。疲惫的女人，热衷充满艺术品位的事物，同样也对愚笨、怪异的东西感兴趣，期盼缠绵的亲吻、拥抱。国内的是这样的：女，二十二岁，1.60米，未婚，中专。品貌修养皆优。觅三十五岁以下，有修养、家庭责任心强、有经济基础之各界健康男士。男性也不一样，国外的是这样的：四十岁的男士，专注的专业人士，喜欢户外运动，和我的狗玩耍，探索新的地方，喜欢在宁静的晚上和聪明的女士聊天，倾听她的梦想。国内是这样的：男，三十七岁，管理人士，上海男人，高知高干家庭出身，本科教育在同济大学，工作数年后出国留学攻读硕士学位，目前在某世界五百强企业担任技术领域的高级经理工作，有些美女情结。

在中国，男女征婚都在拼硬件，女的拼容貌，男的拼学历、收入、职称、地域、家庭出身。硬件优先者胜出以后，温饱足而思淫欲，人生有更高追求，价值观啊，尊重啊，趣味啊，可惜，硬件持有者往往无法达标，形成新的困扰。

你和老公都是属于各自性别中硬件条件不错的类型，男财女貌，很有梦幻感。但梦幻转瞬即逝。也许学艺术的女人比较天真，以我们学哲学的女人的视角，你男人让你做全职太太的两条理由霸道而粗鲁。

全职带好孩子！听起来像是一道命令，有钱就可以不商量来安排太太的人生吗？难道不用上班是对女人最大的犒赏吗？第二点更离谱了，女人出去工作是丢老公的脸，女人是你的附属品吗？是你的摆设吗？只是你的面子吗？女人的热爱不值得尊重吗？但我猜当时你没有太大不快，可能还有窃喜，觉得自己老公豪气冲天，自己可以不为金钱所累真是人生赢家。

问题来了，赢不赢只有生活会告诉你。

生活确实有很多需要忍耐的部分，有关拼事业的男人因为压力和忙对女人不够敏感，不够体贴，不够浪漫……虽然是不小的缺憾，但也是会尽力说服自己去体谅的。但我觉得你老公是价值观上有致命的缺陷。至少有两点是不可饶恕的。一是从来看不到你的辛苦，他认为他支撑了整个家，你只是个寄生虫，他对辛苦的家务完全没有知觉。当然，这可能和他的童年背景有关，在某些农村，过年吃饭女人都是不能上桌的。女人在家里从一个水灵小芳几年内迅速操劳成枯槁老芳，不会得到任何心疼。但他在城里打拼多年，价值观方面却没有任何进步，缺乏学习欲望和感知能力。二是他对你的深度贬低，不旺夫啊，小三啊，二手货啊，娶了你倒霉啊，其中的任何一条都值得把手中的茶泼向他的脸。

但你不敢轻易做得这么血性对吗？作为一个全职太太，习惯了围着你的男人转，而且脱离社会很久了，对独立生活的信心需要时间才能树立起来。我觉得无论是否放弃这段婚姻，你必须改变，在家里全面造反。出去工作，孩子找保姆、钟点工各种帮手一起照顾，反正老公有钱。重拾对艺术的热爱，该画画就画画，该唱歌就唱歌，参加各种团队活动，扩大自己的社交圈。在他贬低你的时候对他冷笑，把自己打扮漂亮，然后不留情面地打击他的品位，在他刻薄的时候突然把碗砸到他脚下（孩子不在时），以及在床上嫌弃他的体位。

你老公这种土豪其实特别精明，否则你离婚也不会分不到财产对吧，他把财务都设计好了才结婚的。你现在得到的无非是住得好一点，用钱宽裕点，也没什么个人资产可供支配。你和他互掐，好一点的结果是他多少有点触动而改观，坏一点的结果是矛盾激化，一拍两散。

想散就散好了，钱这个王八蛋你已经见过了，四十岁以后可以去期盼高大英挺、善解人意的男人，畅谈聊天，开怀大笑，领略人生的迷人风景。就算找不到合适的长期伴侣，一个人有尊严地活着也比一个粗鲁的男人在身边诅咒你好。

学艺术的，即便不能践行艺术人生，也不能当土豪的婢女啊！

—

QUESTION

31 / 53

男二号的残局

{ 问 / Q }

现任女友始终将自己困在和前任的纠葛中无法自拔。他们的故事是，海外同学，相处四年，按其本人描述，他们两人是世界上状态最好的情侣，回国后，准备结婚，女友对未来抱有极大的期待，乃至不惜放弃亲人朋友，随他一起留在同一个城市，看房子，买车，计划未来，而此刻未婚夫不知何因性情大变，开始从心到身全方位地对其冷冻。经过长达半年的忍受，她从前任住处离开。再说我们，相识一年，因为共同爱好器乐演奏，互有好感。相处之初，她便告诉我自身境况，我心生怜悯，其间关怀无微不至，给了她极大的安慰，同时也互相暗生情愫。在她搬出来后，我们很快住到了一起（她一直反对，我却因为害怕她离去而住下来，她也不再说了），其间我发现，她并非因爱我而和我在一起，而是因为我的关爱和照顾，因此，在同居的四个月中，我为了和她确定关系，有过几次非常大的争吵，直到年末，我从她家搬了出来。当初只为缓和关系，却没想她前任此时回来找她复合，我不停地表决心，期望挽回，最终她又选择了我。可在好了一个月后，前男友再次回来找她，她再次变得犹豫，说我给她的空间和时间不够，太过依赖又不信任，而她也表明，无法给予我相同的爱，让她深感难受，压力倍大。我们最近做了一次深谈，她明确表示，觉得和我这份感情弥足珍贵，深怕错失，但却无法完全将心放在我身上，觉得我不够成熟，无法给她崇拜感和依靠。不知道如何再给她信心呢，如何再去开导她呢?

{ 答 / A }

不用开导了，爱情不是开导出来的，爱情是人与人之间莫名的电闪雷鸣，无法解释的温柔陷阱，不惧高山险峻的艰难跋涉，不计后果踏上的不归之路。你这点输在了起跑线上，靠无微不至贴身服务赢得短暂名分，基础脆弱，随时会出局。

不过，女友和前男友虽然被她描述为世界上状态最好的情侣，却也不用神化。无论男女，无非对一段未完成的感情心有不甘，被动中止的那个需要时间来消化的过程还没有结束，你便以男二号的身份入场，在男一号得白血病死掉之前过早抢戏，没有给够女主伤心的时间，心碎的音乐还没放完，你就在进行曲中踏着正步出现了。女主靠在你肩头，其实是在为男一号哭泣，那时和你上床的女主，还是别人的女人。而你觉得她被你搂着，就是你的了。发现不对，就吵个没完。吵什么吵啊，不知道你现在还只是个男二号啊！这就是男二号的命啊，李辉京为了千颂依差点命都没了，她最后还不是爱个外星人。

男二号要上位须等编剧先把男一号写死或者写烂，这个编剧就是女主。你再好，也无法成为她和前任的终结者，她自己才可以。所以你现在要做的是退回原位，给女主清理过往的时间。让她尽情怀念、痛恨、纠结、伤心，你整天在她旁边瞄着，她都没办法发泄，掉个眼泪你都会冲上去问“你还在想他吗”，换了我我也烦你。说起来你是作为安慰者出现的，但你对她的依赖比她对你的依赖大，被动是必然的。你故事中的女主还好啦，你入住时至少还反对，算是半推半就，更脆弱的女人会喝醉了吐你一身，主动拉你入局，男一回来不告而别，你连坐的地方都没有，哪有机会倾心长谈？

我的建议是物理上分开一段时间，让她有时间和前任去反复。通常像他们这种有伤口的反反复复的关系，再来回几次也就没戏了，无非需要一个断奶的时间。你就高冷地站在场外，等他们玩够。即使女主再次被放弃，你也不要进场拉起她就走。

每个人的残局都要自己收拾，轻易入场，你就成了残局。

当然，也有可能，男一死了，经纪公司空降新人代替男一，男二依然是男二。那个时候，你能否考虑一下一直等你的女二?

—

QUESTION

32 / 53

别非礼哥哥了

{ 问 / Q }

我年近四十岁，事业单位，文艺而爱纠结，我需要很多很多的爱，有点以自我为中心，有控制欲。老公是同学，经商，前几年我们的婚姻也不太平，婆媳关系，孩子教育，他大概也有个把谈得来的异性。总而言之我们经常冷战，这两年关系趋于稳定，但总觉得他不够贴心。我觉得自己像孩子那样需要亲亲抱抱，而生活太冷。我有个小学兼高中同学，IT男，智商很高，内向，从小到大同学们都知道他喜欢我，只要我需要，他就会在。他在另一个城市，去年家里人生病，在他那个城市，他帮了不少忙。老公不能安慰我，他抱抱我的时候我突然觉得很依恋，然后我就慢慢发现他没我以前认为的那么没味道。我依恋他，他却和我保持距离，他说他不想朋友也做不成，说距离太近，期望值就会提高。其实我也不是真要和他上床，就是想测试一下。他明确表示不同意，让我很受打击。前一段，我不顾一切跑去看他，我黏着他靠着他，就像孩子一样任性。他后来说他觉得心里发慌。他老婆性冷淡，但其他方面百依百顺。他有时在外解决。他说无数次想离婚但走不出那一步，不想再麻烦地从头开始。有一次，我说，我和你过吧，我觉得你好，我愿意。他说：我如果相信你，放下一切和你过，你肯定很快就厌烦了，然后扔下我一人在那发傻。我一直优越地以为他对我最好，其实怎么可能呢？我只是他的一个朋友，对吗？

{ 答 / A }

你们两个，几十年都在征服和被征服中互换角色，不亦乐乎。这很适合文艺纠结女的人生，够戏剧。

很多女人想有个哥哥，平时可以忽视他，管得太多还可以不理他，等到被人欺负了却可以跑去哭诉，让他安慰你或者为你去打一架。备胎基本就是这个哥哥的角色，但他比哥哥不容易，因为哥哥是亲人，不会因为小妹的男人而受煎熬，备胎会。好的备胎就在这漫长的煎熬中升华了对女神的感情，成了哥哥。

他想成为你的爱情的时候，你把他当成哥哥；他成了你的哥哥，你却要他的爱情。女王，他做不到啊，他已经把你放在心里安全的地方。

他碰到你就是哥哥，你一哭他就会安慰你，这已经成为他的宿命。因此时隔多年，依然是你需要，他就在。但他知道托不起你的全部，他知道和你之间跟二十年前并无不同，他看透了你只是要抱抱要亲亲，你对和他的感情根本没有计划，你只是在游戏人生，只是求点主流生活以外的补偿。你的内向的IT男和你这样要死要活的文艺女是完全不同的，文艺女貌似单纯不计后果追求感情，但他知道最后擦屁股的只能是他。从小到大，他就是哥哥嘛。

再说，哥哥是有嫂子的呀。传说中的嫂子总是那么没有风情，像根鸡肋，可是你看，就算是性冷淡，依然会让男人不离不弃。所有的女人都不可小看，文艺女的风情在男人眼里只是锦上添花。对于很多男人来说，趣味不是他们选择人生最重要的部分，他们想要安宁。那些正派而古板的男人觉得上床是一个转折点，没上床，他随时可退，上了床，你就成了他的人，他将会受到你全方位的牵扯，这是他生命中不可承受之重。

对，他宁愿到外面去解决，也不和你上床，因为你是妹妹，外面那些，是女人。男人觉得这是他的坚守，是对你的尊重，爱和泡是不同的。但对于处于征服欲望期的女主来说，恨不得跟他说：别想那么多，来泡我好了！因为你相信泡里一定有爱，只要他泡了，你就完成了征服。女人好复杂，男人轻易动手动脚，是流氓；女人勾引他，他还不上，那是对自己的否定。

但一切已经时过境迁，没有人会一辈子等着你的爱情，也许他依然会在你委屈的时候对你唱“Wherever you go, whatever you do, I will be right here waiting for you”，可这已经不是爱情歌曲，所以，请别非礼他了。

—

QUESTION

33 / 53

灵魂伴侣和妻权

{ 问 / Q }

瑾美女，你好，终于鼓起勇气跟你说我很少敢去面对的事实。我今年三十八岁，先生三十九岁。小孩六岁。遇到我先生其实还是感觉很幸运的 。作为丈夫他几乎都是优点，读初中时我们就相识，他一直努力上进，无不良嗜好，待友以诚，有正义感。难得的是我们性情相近，价值观、世界观基本一致，觉得我们是彼此的灵魂伴侣。可惜问题就在于，他是一个连续失败的创业者。今年已经是他第十五次创业失败了。年轻时他辞职投身IT行业，起初赚了四五十万，后来公司入不敷出，结婚前已经是真真实实的零资产，他还因此想分手。婚后这么多年来他持续在这个行业里屡败屡试。客观来说，尽管他具备好丈夫的品质，但他并不是一个有预见性、有决断性等必要品质的创业者。这些年我是家里主要的经济来源，他赚回来的很少。当然他是与人合作的方式，所以这些年投入倒不多，也就几万块，但还有时间和机会成本啊。凭他的能力相信找个一两万一个月的工作也不成问题，以这样的工作态度去打工也不会落魄的。加上我的工资可以生活得更好，不至于没车没房，儿子马上上小学很没安全感。我已经被这些折磨得身心俱疲。后面如果再失败十五次，难道我再独撑家计十年？我做着我的公务员任由他创业给家庭的未来带来些幻想和希望？

{ 答 / A }

如果你是一个富婆，有大房子、好车子、很多的资产以及可以一直进账的实业，你应该不会像现在这么纠结痛苦，你会非常珍视一个有上进心、正派、专一、价值观一致的灵魂伴侣，站在那个高度上，你会由衷地欣赏他打不死的精神，宽容地对待他的失败，并在他沮丧的时候温柔地把他抱在怀里。

但你不是，你只是一个普通的公务员，以普通的薪水支撑着这个家，到现在还没房没车。即使这样，还是很公平地肯定着丈夫的优点，小心翼翼地不敢理直气壮地诉说自己的苦恼，你一定是一个精神上相当有自尊精神的女性，也确实非常珍惜和丈夫的感情。

我想说的是你的苦恼是非常可以理解的，我们不能把自己逼到圣母的境地，我们只是普通的女性，我们扛起艰难人生，我们的男人也应该这样。谁都有梦想，男人想三妻四妾，女人想不劳而获，行吗？不行。有些梦想看上去没那么庸俗，比如要成为一个大明星，成为一个大老板，但人群中极少部分的人才有这个幸运，大部分人都是有这个心没这个命。成长就是不断调整梦想和现实的距离，保留最初的梦想，承担基本的责任。美剧《绝望的主妇》里，组建一个乐队是 Tom 从上学开始到现在的梦想，可他有四个孩子要养，他可以放纵自己的梦想吗？音乐做到窦唯这份儿上，他都还穷着呢！他有天后前妻可以养女儿，你老公有这样的合作者吗？

当然，也会有一些梦想主义者说：别狗眼看人低了，越王勾践卧薪尝胆终成大业，马云当初卖黄页有些门还进不去，贝多芬失去了听觉照样扼住了命运的咽喉。嗯，说得好宏伟，可是沉默的大多数没有励志经验可以总结，他们的人生更多的是一将没成名，万骨却枯萎。

我今天的这盆冷水有可能浇灭你们家十年后飞黄腾达的机会，但我怕这样下去你和老公混不到十年。所谓灵魂伴侣也不是一个架空的概念，它包含对事物的相同看法，也包含彼此之间的理解和体谅。我看你都快崩溃了，你不喜欢现在这样的人生，这是藏不住的。他要是不重视你的压力，怎么称得上灵魂伴侣？如果你信任他，应该明确坚决地表达你的需要：你想要一个分担经济压力的丈夫，你想要孩子上学需要各种费用时不会心里发慌，这是婚姻中基本的妻权。

我有个朋友，她的丈夫也是在 IT 行业的一系列投资中失利，他们倒是有房子，可他把房子抵出去了。他们也是灵魂伴侣哦，但当房子被银行收回的时候，她的孤独可以吞没整个城市。她没有说他一句坏话，默默地接受了这一切，但他们分开了。

我爱的人，如果我足够强大，我愿你天真自在，追寻梦想，我会在一旁微笑地欣赏你的坚持，但我的爱人啊，请原谅我的脆弱和不足，我也想你看到我肩上的重量和我对你带泪的期望。

—

QUESTION
34 / 53

房地产男后院起火

{ 问 / Q }

鲁姐，最近后院起火，这是我女朋友写给我的信："记得大学我俩吃过桥米线的时候，你一个擦嘴的动作我一直记到现在，印象中你就是个很温柔细心不会对我发脾气的人，你工作的第一个月，我说没钱用，你偷偷放了一千块钱在我建设银行卡上给我用，本身你工资就不多。虽然我不乱花你钱，可那一刻我真心觉得你是个对我好的人。过年的时候你还给我买了两件衣服，到现在我都可以到处去炫耀这是我男朋友买的，我买什么衣服的时候就想着给你打扮下，我们能穿个情侣装……自从你选择了这份行业，变化很大，从脾气暴躁，到你整个人说不出来的一种气质。无数次因为你工作的冲突而争吵，安慰我的话也只有“你再多睡会儿吧”“找点事做”，还说你领导是怎么怎么谈恋爱的。你说我太黏着你了，你总会时常摆着脸，我说什么你都没听进去，你承诺的也没有去做。我说过无论你做什么我都支持你，你这份工作是你努力的结果，可我不想你忘记了你的初心，不要变成我讨厌的那个模样。”鲁姐，我都不知道说什么了，工作的压力太大了，刚刚大学毕业，选择了房地产，每天工作十八个小时，没有时间陪伴，领导要求太高，项目公司高速发展，平台比较大，我不想错过这次机会，苦点累点都没什么，但是后宫不稳，特别是春天到了，没时间陪她出去玩，没时间陪伴，到了现在这个结果。我想要的很简单，我要的是糟糠之妻！共患难同富贵，而不是成功以后去找小三一类，不要让我二选一，爱情、工作我都想要。求鲁姐姐帮忙分析下给她看看，最好能打动她，谢谢！

{ 答 / A }

从你给我私信留言的过程我大致能理解你女朋友说的：你变成了

她讨厌的模样。你是在周六上午十一点我直播前留言的，我没时间看。中午一点多你催了我一次，可周六的下午我参加了一个活动，也没时间看。于是你给我的专栏打了个九块九的赏，然后问我：是不是这样就能看到我的私信，老师？傍晚的时候又催我了：老师，老师，在吗？在吗？

我能理解你着急的心情，但你的做事方式一是不够礼貌、不懂体谅，你给朋友发个微信，朋友都不一定能及时回，我这样一个公共信箱，又没坐堂收门诊费，我和你也不熟，你觉得这么死催合适吗？二是你以市侩的方式矮化我：嗟！给你九块九，你给我吱一声啊！很多美好的人不是这么表达的，他们打比你大得多的赏时还会说一声“谢谢你的文字”，或者“你值得奖励”。这不是他们圆滑，而是他们内心的懂得和温柔。三是你并不在意你和女朋友的问题到底在哪里，她快不快乐，如何寻求互相的理解，而只想以短平快的方式来解决，让我妙笔生花，帮你给她洗脑。你用的是你们房地产业压榨广告公司的做法，一个厕所大小只能进一个人的房子非要人家说成豪宅。

所以我相信，你根本没搞清楚女朋友对你的失望在哪里，你以为只是因为春天你没时间带她出去玩。别把女人看得那么浅薄，如果女人心里有春天，她可以哪儿也不去，死守着她的爱情。但你脸上有春光吗？

当然，我也知道你们这个变态行业的一些变态故事，一天工作十八小时还不是最奇葩的，还有连开二十四小时会的，听英雄老板一会儿谈社会责任，一会儿揪出几个不顺眼的说：你这种人从窗口跳下去。同样奇葩的是，被凌辱的下属们依然仰望着老板的成功和伟岸，没有人跟他说：你他娘的凭什么作践人？你自大狂躁，他娘的该去看心理医生了。

你是被无耻压榨却依然打了鸡血的人中的一个，你们忍受这一切是为了成功，这个成功在如今的中国，就是赚更多的钱。只要你是为了赚更多的钱，你是在赚钱的路上狂奔，你的亲人和爱人不能有别的期望，而你所有的漫不经心都是理所当然的。

我当然也很同情你这样的年轻人。如果你不努力，不能升职，赚不到很多钱，你怕在女人眼里是另一种 Loser。我理解你们对现实的妥协，但你不能认为你为之妥协的那种生态是正常的。成功的大老板半夜三点打电话给下属甚至女下属，可以完全无视下属的休息时间和他们的家人。你们大概认为类似这样弱肉强食的社会是既定的，你的唯一目标是尽可能到达生物链上高级一点的位置，然后如法炮制去对待新入场的。你还很超前地表示：成功以后不找小三！好像这是对你女人最大的承诺和恩惠了。同学，你这么下去，你的女人会去找小三。

你这样曾经给女朋友留下美好记忆的男生，情商方面的资质应该不差，是你的价值观出了问题。脑子里都是工作的事，两个人哪怕在一起也没有心思认真交流，这都是可能的，关键是你内心对这件事的态度：这是一件抱歉而遗憾的事呢，还是觉得对方投诉就是在找碴儿，就是不理解你？说实话，房地产业你这样的人我也认识不少，一边被压榨一边当暖男的多的是，并不一定像你，前进路上非得变成个粗人。

你女朋友提到了“初心”这个词，你明白她的意思吗？那是心灵的一种敏感，能看懂是非，能读到羞怯、伤感和失落，会心怀好奇坚持美好，会痛恨残忍和不尊，会期盼奉献和安宁。

工作十八个小时确实不易，但这不是丢失初心的根本原因。

你会把我的回信给女朋友看吗？

—

QUESTION

35 / 53

留学生爱上炮友该怎么办

{ 问 / Q }

我是在德国的留学生，二十五岁，朋友给介绍了一个帅哥，比我小五岁，非常有才华，玩儿得开，我们很投缘，一个月后上床了，现在这种关系已经一周了。他基本天天睡我家，我们很契合，他也非常爱吃我做的饭，相处也很愉快。我们都是学艺术的，我来德国四年，他一年。在国内我们都是县城的，家里都不属于非常有钱的那种，但是完全够花，父母也都是知识分子。我没有问我们之间的关系是什么，他自己说他不适合当男朋友，还说如果我以后找男朋友一定要找比他厉害的。我有追求者，他有时候也会问那个男人又跟我说了什么之类的。他二十岁，但比年龄成熟，十五岁后睡过二十个女人，我十七岁后睡过十个。我感觉我们又不像纯粹的炮友，因为他会和我一起买菜做饭、看电影、搂我睡觉等，对我非常温柔。可以说除了名分，他做的事和男朋友没两样。我感觉自己喜欢上他了，我该怎样把他变成我的男朋友？可以带出去名正言顺？他有过很多前女友，没有一个超过三个月，而且他非常花心。他是周围公认最帅的，我也算是周围条件最好的单身女。我很迷茫，我们这么默契，为什么不能成为男女朋友？可我还是想试试看。

{ 答 / A }

想试就试呗，反正你有着大把青春可以挥霍，天高皇帝远的，父母也管不着。现在不试，难道等四十岁再试啊？

中午碰到台里年轻漂亮的女同事，很懂事很努力的女孩，前段时间被男友劈腿。我问：你这么好的女孩怎么会这样？是在你面前没自信，撑不下去了吗？她说不是，但男人也不会因为女人好而一直专注，他就是喜欢玩吧。我觉得这个答案很客观，有些人，就是喜欢玩。

看到你们的事，我就觉得他们好认真啊，劈个腿各种心理活动可以拍个剧，而你们，玩得如此坦荡，享受当下，互不欺哄。我知道留学生都挺寂寞的，已婚的一个人出去了还会有临时伴侣。我估计你也不是求和他白头偕老，只求个像那么回事的曾经拥有。要是有个老实男人，上来就要带你回国见父母，你还怕呢！但碰到个比你混的，你又受不了。你之前也各种过往，道德或者价值观上和他路数一致，不爽是因为搞不过他，他比你还轻。

生命有不能承受之重，也有不能承受之轻。你的帅哥没有欺骗，没有纠结，没有嫉妒，天真烂漫地当着炮友，你受不了这种轻。这种感觉完全可以理解，我们在爱里是需要安全感的，这个安全感不一定是走向婚姻，但要感觉到彼此的承认和关怀，但他明显和你对这段关系的体验和诉求不同。我猜想帅哥是那种个性温和，没承担过什么，父母出钱供着的留学生，轻飘飘地活在世界上，他还只会对着世界涂鸦，睡女人这种事心理没障碍了也就跟动物发情一样简便。这个时代，男女都想得通，他也不容易得到教训，要是有个秦香莲盯过他，估计他会小心点。

但让你这种学艺术的头上绑个白布像小秦那样喊冤估计你也做不出来，所以也只有温水煮青蛙和快刀斩乱麻两种方式来应对了。

温煮就是按下不爽，做饭给他吃，各种有趣互动，收留他住宿，甚至继续玩你们的五十度灰。等到他习惯并享受和你相处的一切，关闸断电，高冷消失。但切记自己也要享受这个过程，才能散发自然活力，不要把过程当成奉献，他会感觉不好玩。有可能，他会怀念饭菜及有趣互动反过来找姐姐，这样第二阶段治理会轻松些。

以你的成长经验判断一下，如果觉得温煮对花蝴蝶无效，那就只好动用第二招了。当然，快刀斩的不是你们的关系，而是斩断你把他发展为男朋友的妄想。

混完青春就收心吧。

—

QUESTION

36 / 53

让富二代哭死

{ 问 / Q }

我二十九岁，从大三到现在，和男朋友谈了七年恋爱。刚毕业那会儿工资特低，他一发工资就坐上两小时的公交来找我，自己留两百，剩下一千三全给我，说他在单位吃得好住得好不用花钱。我换了工作收入增加，他的工资也渐渐增加，脱离了生存压力，那会儿我们夜宵尽情吃烤串觉得幸福极了。后来我的收入是他的几倍，开始考虑买房换车，也担忧未来结婚生子。他总是说不要太着急，争吵开始增加，高架上一边开车一边大声吵架，肺都要气炸了，我想也许他是因为没有压力。我拖着他买房（按揭）换车，逼着他搞装修，我拖着累，他跟着也累。去年夏天我工作变动，收入大幅减少，他也因为公司没有接到项目收入略减。他负担了大部分的开支（大头为房贷），我几乎只负责自己日常消费。他抱怨压力大不应该买房，我抱怨他收入低不够努力，也经常为洗碗、做饭、整理家务大吵架，总之各种大事情小事情各种吵吵吵。也想过分手，可是又习惯和他在一起，而且我也越来越了解到自己的性格有时不太好，独立要强，蛮横自我。这两天男友说压力太大决定卖掉房子回老家，让我跟他一起回去。我肯定是不会回去的，在他家县城不知道我能做什么，也不习惯同他父母生活（他父母人很好）。我有一些存款，加上收入，以后三年的生活没有问题，这个他并不知道，我想让他多点压力多点动力。鲁瑾姐，我的未来会好吗？一想起过去的七年，眼泪就把眼睛刺得生疼。鲁瑾姐，我该怎么办？

{ 答 / A }

你的故事真像一部青春电影，各种动人往事：一贫如洗的男女学生，相濡以沫，从食堂大排分着吃，到大叫着有钱了吃烤串吃一串扔一串，然后工作升职买房买车。这是一生中每时每刻想起来都会热泪盈眶的记忆，富二代看到这样的青春会嫉妒得想死。

但富二代看到后面的故事就笑了：他们嫉妒地想得到的热烈青春为了个房车在高架上大声吵架，心理得到了补偿。觉得你们赢了前半场，他们赢了后半场。

以前看过一期《艺术人生》，采访徐帆。她和江珊、陈小艺是同班同学，也是好朋友。她说她们三个人的用钱理念是完全不同的，同样有一百块钱，江珊是有一百花一百的，小艺有一百花五十，而她自己，则是有一百花三十的类型。冯小刚似乎很依赖徐帆的保守，在他的自传里可以看出来。你们两个，男友是相对保守的那个。他和你一样没有安全感，你希望买好房好车来克服自己的不安全感，男友则相反，在两人收入不稳定的情况下贸然买房买车，他会因为每月的还款而觉得没安全感。两个没安全感的人在一起，不吵才怪。

你和男朋友个性中的缺点类似于他不够努力，你蛮横自我，这个就像狗改不了吃屎，短时间内改变是很难的。现在你和他之间，我觉得你的问题更多一点。你吧，欲望强劲，对生活很积极，但缺乏对形势的预判，工资高的时候以为卡拉永远 OK，买房装修还换车，根本不考虑高工资昙花一现。你男友压力如此之大，说明这房可能还不是最普通的小刚需。你比江珊厉害，她有一百花一百，你有一百要把明天还没赚到的一百也花了。还有，买房也就算了，换什么车呢？我，一个著名的主持人（嘿嘿），我的小宝来开了十三年了，也没觉得有什么换车的必要。这点我挺理解你男朋友的，你们俩，既不是富二代，又不是金领，花个几十万块钱换个车，搞得自己倍有压力，有必要吗！车嘛，安全好开就好了。我们60后的女人对男人的基本态度是哪怕我帮不了你，我也尽量不给你压力，供参考。

你另外一个不妥当的地方是：你男朋友，他是那种赚一千五给你一千三的男人，他对你是不留后路的，一开始就把你当成了老婆。你呢，把私房钱瞒得这么深，对他很有保留。你虽然还不到三十岁，也算是努力的女性，但有一种腐朽的女性观念：你赚的是我的，我赚的也是我的。孩子啊，你别这么想不通啊，我看你的故事，以及过二十年你再回头看自己的故事，相信最动人的一段都是你们彼此毫无保留，同舟共济的时光。

你不想回老家，那你拿出切实的行动来啊。在某个夜晚，和男朋友一起散步，和他一起回忆过往，跟他说一个没有安全感的女性对生活的期望，然后拿出你的私房钱，跟他说：好不好嘛，我们不要把房子卖了嘛，我们不回老家嘛，我错了嘛，我以后再也不藏私房钱了嘛……你必须是以这样麻烦的方式坦白，因为男人很容易被金钱伤害，尤其是女人的金钱，还是在他抓狂时都不露声色藏下来的钱。

珍惜你们一起走过的日子，打赢下半场，让富二代哭死。

—

QUESTION

37 / 53

一场恋爱诈骗

{ 问 / Q }

最近心里一直憋着事，不知道和谁讲。相处几个月的男友突然被我发现有老婆孩子，和我在一起时他老婆居然还在怀孕期。后来发现他年龄也骗我，整个人完全蒙掉。他一直强调是喜欢我，丈母娘家的事让他想离婚，本想找个合适的时间告诉我。真觉得自己笨得可以，碰到人渣骗子了。从小到大过得简单快乐一帆风顺，感觉对自己打击很大，搞不懂这种事居然会发生在自己身上。他在海关工作，平时都在外地上班，周末才回来。去他单位看过一次，平时电话、微信也很聊得来，虽然异地也选择了在一起，现在出现这样的结果，都不知道该怎么办。明知道他骗我，是个人渣，居然还放不下，情绪很不稳定。一下好恨他，让他丢工作、丢家庭才解恨，一下又觉得一切都是自己头脑不清。之前因为发现他骗我，直接拿他的卡刷了一万买买买，最近他就一直要要回这一万。发现自己像被洗脑了，他都这样了，还觉得有感情。最近他又一直问我要不要他的孩子，孩子还小。妈的，自己怎么就这么心软？明明是个在老婆怀孕时出轨的人渣，脑子里居然真的有想过相信他会离婚，对自己有感情。真不知道自己是什么心理。最近一个月把他拉黑，不接电话、不回微信，觉得可以放下了。他发过来说以后都不打扰了，又觉得自己心有不甘。求骂醒，求骂醒，求骂醒。

{ 答 / A }

有些人在这个世界上从来都是一颗黑心，多手准备，比如你的人渣男友，想着在他卑微的人生里总能抓到点什么，不至于落空。你看，出了这么大的事，他都没忘了一万块。

1998 年，美国前总统克林顿受到了众议院的弹劾，弹劾的理由并不是他和莱温斯基发生了性关系，而是他就这件事对大陪审团撒了谎：我们之间没有任何性关系。在美国人的概念里，混乱的性关系虽然会影响个人评价，但不适用法律层面的惩罚，而在法庭上作伪证是不可原谅的。我很接受这个观念，所以，当对贪官报道的标题总是通奸，而不是权钱交易，我都觉得主流媒体像一张张太阳报。

具体到你的事，你的人渣男友经历、现状、年龄统统是假的，他除了已婚，不会是个逃犯吧？呵呵。个人资料上的撒谎是很严重的品行问题，这要在信用社会接下来他会寸步难行。对你当然是一场赤裸裸的感情诈骗，你的智力被侮辱了，让你违背了你的意志，莫名其妙地成了一个第三者，以后想起来仿佛是人生的一个笑话，不时刺痛自己的心。

不过，他找你这样的人来骗也是有道理的。你们在一起，也就周末见一见，又没混成准夫妻，你却拿着他的卡。男人最不敢骗的是经济上跟他玩骄傲的女人。经济上骄傲，精神上也骄傲，分得清男女之间的阶段性界限。你这样的女孩，对他很依赖，得知受骗，第一反应是刷他的卡，用他的钱来报复他，做派还蛮像二奶的，因为正房的本能是省钱。

我这么说不是想伤害你，而是想告诉你一般容易受骗的女孩都有些共性：天真，依赖性强，判断力差，且没什么原则。

要想复仇，找他单位找他家庭当然都可以，行为也正当，让他为自己的行为付出代价。不过，一是这个过程耗神耗力，他又不是重婚，跟单位的人说清楚这件事就够烦了，人家还不一定会信，你一个无邪姑娘又做不出太泼辣的事。更重要的是，你把他工作和家庭搞没了，他可能就跟你死磕了，这么个来历不明的人，你还要吗？我看还是嫁祸于人，让他留在自己家吧。对你来说，速速止损为上。乐观地想，至少你们还没生出个孩子，后遗症还不会太深远。二是你知道深圳海关集体腐败的事吗？一锅端。中国的反腐这么坚决有力，跟“重灾区”的人少打交道为好，呵呵！

最后我想说，你不是放不下他，你只是放不下有个男人的感觉。找下家吧。

—

QUESTION

38 / 53

小家庭里做战友

{ 问 / Q }

我和老公 2011 年结婚。我老公是个外向、情绪起伏较大的人，我是文静内敛的人。结婚三年，我们过得并不太顺利。他家在淳安农村，我是杭州西湖区的，两家经济相差较大。他婚后吃住都在我家，和我父母一起住。一年吃住在我家的情况下收入十几万。我大学学历，他中专。我朝九晚五工作，他做小生意，有业务就去，没业务在家玩游戏。现女儿五个月，因为吵架要离婚，他已离家出走五天，没有任何电话。

之前拉着我去民政局办离婚，没有办成。这些他父母都知道。就打了个电话让我带孩子去他们那儿，我没同意，之后没音信了。他提离婚不是第一次，只要我们吵架就提。我们吵架也都是些小事，原因多出于他妈。

1. 坐月子，他老妈照顾我才一礼拜多，说家里有事要回去，我不高兴。

2. 从怀孕到生，他妈一个电话也没有打给我过。我也提过，他老说他妈是长辈，再说生病，其实并不是什么大病。她在杭州住院、看病，全是我一人照顾她。当我需要照顾时她这样，我心里也不舒服。

3. 他老玩游戏，我一个人带小孩好累，让他帮忙，他总是拖。我拉下脸，彼此就不高兴。

4. 他的收入不肯交给我，每次买东西都要问他拿，有时候意见不统一也要吵架。我在家照顾小孩，不用他的钱。小孩奶粉、尿不湿等开销他付。

5. 他家要买任何东西，他妈都要他出钱，我想我们现在都有小孩了，要留着养小孩，肯定要说的，那么年轻，孩子还那么小。现在他的意思就是我搬出去和他租房子住，要不就好聚好散分开。

{ 答 / A }

吵架的主要原因是出于他妈，为什么你老公要你和他一起搬出去住呢？说明你和他对你们矛盾的认知是不一样的，他认为造成你们现状的原因是住在你爹妈家，在丈母娘家生活各种受约束，各种不自在，你们两个吵架大人插手就变得复杂。如果只有你们两个，你打他骂他，他跟你起起腻可能就过去了，你爹妈在那儿，他的自尊心就下不来，这不是他的家，只好离家出走。

我觉得你对他妈的期望有点无厘头，很多女人生孩子都喜欢亲妈照顾，婆婆总隔着一层。你是真心喜欢被婆婆照顾吗？类似你的情况在我认识的人中也有，找了来自农村的丈夫，结婚生子，婆婆没帮什么忙，也基本没啥电话。她也抱怨，但并不是真的想婆婆住过来照顾，只是觉得你家儿媳妇为你们生了孙子，应该被当成功臣对待吧，其心理约等于旧时皇宫，某妃生了龙子，各种赏赐应立马闻讯排在门外。可很多农村老太太，面对大学生城里媳妇，是有点怯场的，再说又是在亲家母家，成员构成太复杂，不甘单纯以保姆身份相处，但除了干活又不方便发表任何意见，也决定不了什么事情，还是走了还各自自由的好。

你说的第五点倒是需要和老公有个约定。农村是大家庭观念，老家有事，谁都该出钱，父母们都是劫富济贫的高手。我认识的一位朋友，老公家弟弟买运输车来借钱，不是说买车缺点儿帮一把，而是买车十万，要借八万那种。城里媳妇的观念是：一、没钱就别买。二、什么时候还？跑亏了还不上怎么办？三、既然我们出大头，那算入股好了。我们看着挺合理，农村人接受不了，觉得和你这天上的仙女没话说。但天上仙女也不能嫁给你家儿子，却管不了他的钱袋子啊！所以，必须谈妥家法，比如一刀切，老公年收入的 15% 给父母，在这个范围内支付农村各项开销，他赚得多，老家得的也多，你得的当然也多。哦耶！理顺。你不要计较怎么不同样给你父母呢，你父母条件好嘛，你看人西方社会，富人要交的税多高啊，由政府拿去接济穷人，咱得跟先进国家接轨。现在你老公给老家点钱就要看你脸色，他不敢把钱交给你啊，你没表现出让人信服的媳妇高度和管理能力啊！

对了，孩子五个月了，你怎么还不上班啊，产假不是三个月吗？今年倒是有人大代表穿得倍儿漂亮参加两会，兰花指一翘说：哀家认为产假应该三年，苦逼们都笑了。你这是算辞职了吗？孩子没断奶？我倒觉得最重要的是你没断奶。

他老家是一个大家庭，你这儿又是一个大家庭，情绪会搞得很复杂。各自立场不同，表达不会好听，大家都情绪郁积。一个大部分时间在打游戏的男人和一个离不开爹妈的女人不会有智慧来解决问题。所以我觉得你老公的建议值得考虑，两人搬出去住。在大家庭里你和老公各代表一方，是对手，小家庭里才是战友。

如何成为一个成年人？不是会做爱，不是会生孩子，而是会独立承担生活。

—

QUESTION

39 / 53

清明时节爸爸要找老伴

{ 问 / Q }

我今天给老爸打电话，他说自己在西湖边逛，我佯装挂电话后其实没有挂，在电话里却听到另外一个女人的声音……挂完电话，情绪几近崩溃，一边流泪，一边给你写这封信。

清明将至，妈妈过世四年了，查出来就是癌症晚期，拖了六年，总算看到我结婚生子。妈妈过早离世，永远都是心底最深的痛。我们母女感情非常好，她很漂亮，年轻时像电影明星，性格内向、善良、敏感，而我爸是个情种，风流潇洒，女人不断，且不知收敛。从小我们姐妹就看着他趁我妈不在，把不同的女人往家里带，甚至有同学对我说，你爸作风不好。而我妈为了维持这个家，一直默默忍受，伴随她的是身体变差，爱生气，抑郁。妈妈生病后，老爸倒是尽心尽力伺候了六年，但是妈妈生病时他又骗我们出去见老相好，被我抓了个正着，我只记得当时妈妈气得躺在沙发上说不出话。在妈妈临终时刻，我爸去买氧气袋，我和我姐伴在她左右，我们握着她的手，让她安心，我希望她能原谅爸爸，然而在爸爸走进家门前的那刻，妈妈走了，我想妈妈至死都没有原谅他。我跟我姐都很孝顺，我们说过他养老有我们，如果他要再找老伴，就当没我们这两个女儿。当时我爸嘴上也说不会找，但现在开始骗我，背着我们跟女人约会。受伤害的人走了，作孽者却还这么潇洒。我觉得应该让他受到惩罚，但他是我爸，又不忍心，所以很纠结。我想找他谈一次，把我和我姐的想法告诉他，不管别人怎么想，也不管妈妈已经不在了，我都得保护她不再受伤害。您觉得呢?

{ 答 / A }

十八年前我失去只有五十五岁的父亲，我对你提起母亲就想流泪感同身受，抱抱。

尽管爸爸做了一些让妈妈难过的事，但看得出来你们姐妹俩并不恨爸爸，所以我相信你爸除了比较喜欢享受鱼水之欢（或者只是男女交往）以外，并不是一个恶劣的爸爸。你和姐姐受不了妈妈早走的打击，需要找一个人来承担罪责，通过对他的指责发泄痛苦，你们有缺点的爸爸成了这个人。就像我父亲去世后很长一段时间，我对整个医疗界的仇恨一样。后来我才慢慢公平起来，和这个世界和解。

癌症的成因我们无法完全掌握，普遍认同的是基因缺陷，而其他的一些外在原因和癌症这一结果的关系有一些存在争议的临床调查。接受不愿意接受的命运很难，尤其冤无主，债无头，但不能因此就觉得你爸爸是罪魁祸首。如果你们因失去妈妈而指责他，那他失去妻子该指责谁，难道指责你们两个孩子让妈妈耗尽心力吗？

爸爸和妈妈，他们之间的故事，做女儿的未必明白得很彻底，男女之间，辜负和被辜负，要用一颗很大的心去看。更何况，爸妈此生缘分到此，爸爸自会铭记妈妈这一生的相伴，他心中的忏悔会独自和天上的妈妈去对话，不用你们开批斗会。最爱和最恨都是无言，夜深人静时，人人都找得到自己的灵魂。

阻止爸爸找伴侣并不能保护妈妈，化为一缕轻烟后看人间，会有新的高度。你们这么做只是保护你们自己，你们无法接受另一个女人的靠近，像一个入侵者，打碎你心目中家的地图。某种程度上，不是妈妈被背叛了，而是你们感觉被背叛了。妈妈离去，爸爸还是她的丈夫，而现在，爸爸可能不再是她的丈夫了。但我们经历的所有人生都不会被磨灭，妈妈和爸爸，他们几十年的夫妻不会因为其中一个的离去而改变。

我爸去世时我们一家四口住在一个四五十平方米的小房子里，后来我和妹妹先后离家另住，妈妈和妹妹住一起帮助管孩子。我们一直不愿意卖掉那个小房子，怕卖掉爸爸就找不着我们了。我经常和妈妈说：你来我这儿住段日子嘛！我妈一开始“嗯啊”着含混过去，有一次说：我不愿意这件衣服在这儿，那件衣服在那儿，哪儿都不是自己的家，搞得像个流浪汉。我听了相当震撼：女儿总觉得对父母不离不弃是最大的孝顺，其实也就是求个心安，至于什么才是他们真正想要的生活我们却并不太上心。前两年，我妈想在妹妹家附近买一个房子，周末可以自己清静，经济上考虑要把老房子卖了。那时心里还是有些伤感，但我们克服了这种感觉，因为相信爸爸在天上唯有一个心愿：亲人们快乐地、放松地活着。我和妹妹一直支持妈妈重组家庭，还陪她勉强同意去相过一次亲，见面的男人我觉得还不错，但她坚决地回绝了，她完全无法进入另一个家的系统。可前两年在很孤独的时候跟我说：“也许以前错了，应该在年轻一点的时候找一个伴侣。”

如果我妈真找了伴侣，我相信最初我也会有一些需要适应，但一是我会克服，二是我不会让我妈感觉到，只会去鼓励她。每个生命都是独立的，都有权过当下最快乐的生活。孤独的人是可耻的，父母的孤独也是儿女的可耻。你们觉得给父亲养老已经尽到了责任，他不应该要得更多，可是你知道有六十一岁的钢管舞演员、七十八岁的滑板运动员、八十七岁的花样滑冰运动员和一百岁的攀岩者吗？不是孩子大了，父母就老了。我不喜欢《时间都去哪儿了》这首歌，它把生命说得又短又无奈。

青春期少年，妈妈翻他日记，他会抗议，大声地说：我是个独立的人，我有自己的秘密！等到走过青春期，又去翻孩子的日记，并且去限制父母的选择权。太多的人在人生的每个阶段都犯了错误，幸好，对父亲你们还有时间纠正。

—

QUESTION

40 / 53

轮流出轨度人生

{ 问 / Q }

鲁姐，我和我老公结婚十六年了，他大我五岁，刚结婚时和他父母住在一起，很多矛盾，不快乐时总是对他发脾气。后来认识了一个男的，我就出轨了，他根本不是我喜欢的类型，现在想来我只是在乎被爱的感觉。后来过了一年多，我发现我老公有了外遇，是同事。他承认了此事并且真诚地说是我的事伤了他，并且对他态度不好，这两点我都承认是我错了。后来在他的眼泪中和一想到女儿的心情，我们和好了，但是已经少了彼此的信任和亲密。拍照从来不会搂我的肩，一个月两三次的夫妻生活也只是完成任务而已，很勉强。我女儿不知道我们之间发生的事，三口之家一直没分开过。她很爱我和她爸，每次送她去外地补课她都会说让我和老公一起去，可以有个伴，喝喝茶一起回家。就在今天我又知道了一个信息，我老公前年又和一同事关系不一般，两人走得很近，我完全震惊了，我偷偷地看了他的微信，在 2013 年微信互动很多，点赞评论不断，聊天都没有内容，可能删了，现在互动少一些，隔一两天也有一些。还看到了 2013 年之前他和一些女性微友的暧昧互动。鲁姐，我知道的一刹那真的想离婚，每天看他回家一点都看不出来。虽然没有了爱情，但这快二十年的亲情真要分开像断了手一样，最重要的是我女儿今年十八岁成人礼还没过，8 月份又要去远方上大学，她知道了肯定会很伤心的，我怕给她带来永久的伤害。但是这千疮百孔的生活该怎么办？我估计问他他也不会承认的。求拯救。

{ 答 / A }

婚姻中每个人都会犯错，外遇并不比冷暴力和乱发脾气坏多少。要我说，这些年，你男人也不容易，老婆没给过好脸色，还给自己戴绿帽子，要没有个把异性在那儿安慰着，他要么憋出病，要么家庭暴力。某种程度上，你得感谢他那些异性同事，以自己的血肉之躯抚平了他的伤口，以至于你们还可以在女儿面前扮演恩爱夫妻。

作为一个出轨界的“先驱”，你应该知道出轨是一件很容易的事。你看《北京爱情故事》那部电影，王学兵挺爱他老婆的，但还是不停地出轨，见别的女人时摘掉婚戒，被老婆发现又痛哭流涕，老婆气不过也跑到酒吧去寻一夜情。我看这个电影的时候，对人性有着深深的同情，在漫长的人生中，这只是人们用来点燃自己的一种方式而已。当然，我知道，这是不对的，因为州官如果放火，百姓必可点灯。而几乎所有的人都和你一样，自己可以擎火炬，别人不能点煤气。

一些暧昧短信而已，跟网络段子也没多大区别，你要不要反应这么大？你可能会想象这些短信后面的事，心里就抓了狂。可是你老公每天回来特正常，这几年一点都看不出来，说明人家也是挺克制，心里有准星的。虽然你这个老婆对他也没多好，但他对这一家三口的维护和你是一致的，你们是一个战壕的战友。《诗经》里说“执子之手，与子偕老”，这中间其实省略了一些“真相”：执子之手，方知子丑，将子拖走，子说不走，拍晕了拖走；或者泪流满面，子不走我走！这么折腾无数次，老了折腾不动了，就与子偕老了。

乱世出英雄，这个时候其实是你树立自我形象的最好时机。老公暧昧信息被发现，这一回合他算穷寇，追穷寇没什么意思，优待俘虏方显人道精神。你看你们之间的关系，寡淡无味，夫妻生活都是勉强完成，不如趁这个机会找点激情。之前你们彼此互相勾引都提不起兴致了吧，小敌当前，正好练练手，有人当香饽饽的这个男人，他到底还有哪些魅力没被自己发现呢？人有斗志的时候荷尔蒙会调动得比较积极吧。你别用公安审讯那套对付他，好像自己掌握真理似的，男女关系，被动的那方掌握再多真理也没用。试试趁他有点心虚、心神不定的时候无限怀柔，打他个出其不意，让他知道，冰冷母老虎也有温柔之光。再说，这种不符合你一贯风格的行为他一时半会儿搞不清你的本意，等着宣判，又被善待着，心理会比较忐忑异样。这个博弈的过程想想都兴奋呢！

唉，生活本来就是千疮百孔，我们每个人都不是无辜的。你和老公的人生不算残酷，不过是最普通的一地鸡毛。在这个日新月异的互联网时代，谁没几条暧昧短信啊！

手拉手陪女儿补课去吧！原来早就没感觉的那只手，因为被别的女人拉过，好像有点感觉了呢！多大个事儿啊，哈哈！

—

QUESTION
41 / 53

高干子弟的综合分

{ 问 / Q }

鲁瑾姐好！关注你很久了。我和他的故事是这样的：我，离异，没有孩子；他，比我大十一岁，离异，有孩子，孩子跟妈，他有着体面的工作和收入。我承认刚跟他在一起的时候我的确被他吸引，而且我和他的家庭背景非常相似。可随着相处时间越来越长，我发现他很自私，不会照顾人，经常口出脏话，也不会顾及他人的感受。他出身高干家庭，上面还有两个姐姐，大家一直把他当小孩子一样宠着。好像有点乱，不好意思。举些例子，我有次导航导错了，他就经常拿这个说事儿，说我笨啊，不能干啊，云云。我倒车不小心撞到人一脸惊慌打电话给他，他劈头盖脸地把我数落了一顿……我让他到我家来吃饭，他竟然说太麻烦，还要拿东西（其实我们家根本不需要他带任何东西来，也没有这种习惯），类似的事儿太多了。他曾说过，我不是他喜欢的类型，只是我的综合分比较高。呵呵，有种挺悲哀的感觉。随着争执越来越频繁，心越来越寒。我还要继续吗？

{ 答 / A }

你们都是被彼此的综合分吸引的吧？古今中外的高干子弟都特别擅长做这件事。文成公主嫁给松赞干布，灰姑娘那个王子本来被安排要娶的也是另一国的公主。生在帝王家的人不谈爱情，只谈联姻。高干虽然不如帝王家显赫，但拿腔拿调的方式是一致的。他们习惯了靠婚姻壮大势力，至少不削弱势力，维持原有的安全感和虚荣心。在势力上压倒他们比给他们爱让他们重视多了，这是他们出生以来养成的条件反射。我以前认识一个不是太高的高干子弟，是个学者，一直批判特权，但提起曾经的大院子弟生活，那种优越感盖都盖不住。这些小高干也没捞到什么富可敌国的好处，更对既有的一切小心维护，不想让自己的家族一不小心被甩离了高干场。他们身上那种可笑的傲慢我看了都快笑出来了：你不是我喜欢的类型，只是你的综合分比较高。换了我可能脱口而出：综合分，哈哈哈，现在反腐这么坚决，你的综合分正在渐渐下降。

谈恋爱，不能欺人太甚啊！

当然，很多人也这么想，但不说，而他只是或者因为二，或者因为傲慢，把实话说出来了。那男女双方能不能说实话呢？当然能说。文成公主和松赞干布难道会不知道他们不是因为爱情才结的婚吗？但他们把这当成共同的事业，作为合作伙伴彼此是尊重的，所以大家都按礼义完成嫁娶，最开始没有爱情不妨碍他们互相尊重，互相不伤害。你这个男人，既然选你是按综合分，那婚姻基本原则之两家串门拜见家长总要做得有章有法，这都不做，说明他是个对联姻都没有责任心的人。那你说你还混个什么劲儿？

你犹豫的原因是女人找个合适的不容易，不是这方面不合适，就是那方面不合适。已经有过一次婚姻的你对男女关系也不会太理想化。我觉得这就要看你对生活哪方面更在乎了。如果你是一个要做大事业的人，需要各种关系，而这个男人又能在这方面帮助你，你就干脆把他当成个股东，抓大放小，把事情搞定就行，不要求签到。也有些女人能做到的，她们出身底层，目标明确，在被尊重的需求上不那么敏感或者能克服，如给领导洗衣服的丁书苗，她应该从来不会计较刘志军对她说话的语气，把她当牛还是当狗。但大部分的女人是做不到的，我看你还是做不到的那一类中较高级的，撞车后会打电话给男人，是个彻头彻尾的软妹子，我们女汉子都是打给保险公司的。

唉，要我说，你要是不缺吃不缺喝，自己有房住有工资拿，找男人还是找个实用的不给气受的，其他方面条件放低点。在这方面男人比女人务实多了，我大学那个班，男同学大部分都没在大学里找对象，女生们俏，都看不上他们，可他们回老家都找了当地的县花，比大学里的女生漂亮多了，还都挺温和挺崇拜他们的。当时他们对女生的临别赠言是：我可不想找个娘娘回家供着。他们赢了。

生活的所有道理最后都可以归结为三个字：气要顺。

—

QUESTION
42 / 53

和吉他手谈场恋爱

{ 问 / Q }

鲁瑾姐姐，我和现在的男朋友认识八年，在一起四年了，高考时他考音乐学院，学的是古典吉他专业。后来专业课过了，因为钱的问题，最后没有读成，这成了他一生的遗憾。他家境特别不好，现在他的职业是专业的吉他老师，自己开的培训班，年薪十二万到二十万，之前他爸爸的一个小房子拆迁，也分了一套学区房，但是还没有盖，只是签了合同。我出生在一个特别传统的家里，现在是个公务员，家境小康，什么艺术都会点。我爸爸总是会旁敲侧击地跟我讲，弹吉他的不稳定，文化层次会导致沟通方面的一些问题，他同事的女儿出嫁聘礼多少，嫁了个什么样子的人诸如此类的话题。他们不甘心我嫁给没有稳定工作的男朋友，还有一贫如洗的家庭。我的担心是：第一，结婚真的会因为文化层次上的不统一，导致价值观之类的分歧；第二，他爸爸和他的两个叔叔都离婚了，都是由于不负家庭的责任，我担心他以后也会有他家人的这些坏毛病；第三，他女人缘特别好，可是我是个眼里揉不得一点沙子的人。之前发现他跟女人有一点小暧昧，但这一年很少发现。他对我特别好，除了他，我从来没觉得别人爱过我。嫁给他，就意味着我要跟家里人做长期的斗争。嫁给他，就意味着我们要一起奋斗，得到的幸福还不一定配得上我的付出。很想听听鲁瑾姐姐你的回答。

{ 答 / A }

作为一个从来没被爱过的女孩，你目前除了吉他手还有其他选择吗？没有，对吧，没有选择你矫情什么？一头扎进人家怀里，裹挟着往前走吧！会有些不负责任的鸡汤高冷地跟你说：没有等到最好的那一个，宁愿一辈子一个人。那些熬鸡汤的人估计被生活整怕了，号召全民吃素，陪 ta 们一起打坐。你这么年轻，这一世的荒唐还没开始呢，凭什么做鸵鸟？

很多类似你家这种公务员家庭都很背时的，人前三观正确的样子，其实内心和城中村的价值观也没多大不同。你看你爸，强调文化层次啊，价值观啊，这些个概念也不知道他是不是真懂，要不然同事女儿的出嫁聘礼关自己什么事啊！公务员啊，小康啊，都是最保守的群体，他们中很多人一直接受着道貌岸然的教育，不敢像我这样公开求赏，但数钱数得一点都不比别人慢，得失算计三下五除二完成。中国人，尤其是他们这批人的价值观是很混乱的，然后把子女也搞得很混乱。

具体地说，你男朋友很不错啊，很差的家境里居然能成长为一个古典吉他手，他一个人在那里弹吉他，沉浸在音乐里的时候，你不觉得他很迷人吗？你不想穿上他大大的白衬衫上去拥抱他吗？这不是文艺女和吉他手的标配场景吗？哈哈！生活这么玩是不是比讨论谁家姑娘的聘礼有意思多了？再说，他也没有打着音乐的旗号吸毒，找不着人，他踏踏实实开着培训班，一年能挣二十万，在小城，是相当努力而且有成就的男人吧！

没文化的人才老把文化挂在嘴上。前两天还有人说我没文化：你要打赏，你倒是拿出点文化来啊，鸡毛蒜皮的算什么文化！你看，我从来没强调自己有文化，他却文化个没完。我没出手，脑残粉把他骂回去了。文化是什么？你本科他落榜你们就有文化鸿沟了？他要跟你讲音乐，你还攀不上呢！文化不是学历，是看世界的方式，是对心灵的探究。你有你的铜枝铁干，我有我红硕的花朵，你们本有机会寻求充满诗意的交流，你却在这儿叽歪他叔离婚。

你有一句话特别认真，但在我看来特别可笑：和他一起，意味着我们要一起奋斗，得到的幸福还不一定配得上我的付出。难道你曾经想过找了男人就不需要奋斗吗？女人结婚就会有长期的稳定的饭票吗？幸福这个东西，不光是硬件，更是一种感知能力。这是你的第一次恋爱吧，为什么你不能像个傻瓜？像个傻瓜一样地爱，是很幸福很幸福的事。如果是我，通常会反过来思考问题：我如何让他感觉到幸福？配得上他的付出？还有，你眼里揉不得沙子，可生活里到处是沙子，唉，怎么办呢？无非兵来将挡，水来土掩。

听过那首英文歌吗？《将来会怎样》：当我还是个女孩，我问我妈妈将来会怎样，我会漂亮吗？我会有钱吗？妈妈说：谁知道将来怎样，未来我们又看不见，怎样就怎样吧！

不敢去拥有现在，还谈什么将来？

—

QUESTION

43 / 53

为小龙女埋单

{ 问 / Q }

我今年二十八岁,在去年结婚生子,一直家庭幸福。父母也非常疼爱我,特别是我的父亲，在外人看来，他对我这个女儿是绝对宠爱，我也非常爱我的父亲母亲。去年年底，我无意间发现了一个难以承受的秘密。我以前用的 iPhone 换给爸爸用，因为用了同一个 iTunes 的账号，所以他收到的 iMessage 的短信我这儿居然也能收到。我父亲在外面有小三，而且还有一个女儿，那个女儿已经高三了！开始我几乎要崩溃了，我不想母亲伤心，没有告诉她，但是我和我父亲谈了，他的理由是已经做错了，难以回头，但是最爱的是我们的家庭，他一直维持这样，也是为了保护我妈妈和我。所以我也选择保护我们的家庭，没有告诉我母亲。但是我时不时地就会想起那个家庭，在那个家里的我的父亲，我很难受，没有人可以说，希望姐姐替我想想怎么办。回想起来，父亲一般一周有固定几天是不回家睡觉的，公司有事或者通宵打牌。我很怕万一父亲百年之后，我母亲知道了，会气死吧，毕竟我一直在瞒着她。

{ 答 / A }

唉……绝对隐私啊。苹果让人以旧换新，在大数据时代玩不转的菜鸟还是不要去换了，三五百块钱，扯出命运大戏。以前看台湾片这类情节比较多，大宅子的男主人都有私生子女，你看《情深深雨蒙蒙》，哦，那是姨太太，现在不许有姨太太了，光明正大的庶出就变成了私生。一般的文学作品都是站在弱者立场的，反抗大宅子里的人，赢得自己的各种权利，但大宅子里的人心里也不开心啊！

你最担心的事是你妈知道了怎么办，这事可能你不用操心。你真觉得你妈完全不知道吗？你也结婚生子了，你老公要是像你爸一样一直以来一周几天不回家睡觉，你会觉得正常？别把你妈看成傻瓜，她只是默默地接受了这场命运。至于另一方，不得不说，这个世界确实有宁做英雄妾，不做庸人妻的女人。你妈和小三各自都吃进了委屈，她们都是女人中的佼佼者，做长风，绕战旗，不怒不怨。别鄙薄她们的选择，宁为玉碎不为瓦全也要看场景的，和一个穷流氓玉碎一下，pose 较美，成本较低，前景较好，和你爸这样有钱的温柔杀手混过，玉碎了还是玉，瓦全又如何，它又不是玉。

婚姻有很多种，成龙在最近的自传里说他和林凤娇，除了追她时，以后都是十天半月不会互相打个电话的。我们都觉得婚姻不应该是这样的，会惊讶林姐姐是怎么熬下来的。吴绮丽生小龙女的时候，成龙总算打个电话去美国告诉老婆有这事儿，林姐姐说：不要伤害到别人，也不要伤害到我们，我和儿子会支持你，你先去解决事情吧，不要管我们。

擒大魔王的都是这类女人，对感情不奢望，对人生不计较，你上天入地地去玩儿好了，一回头，我反正在这儿，你也不能忽视。一般女人做不到这样，默多克再有钱，邓文迪照样把布莱尔带回庄园。我特别好奇林姐姐这些年是否爱过别人，有没有过男朋友，反正没有任何被拍到的新闻。旁人觉得太不公平了，但林姐姐好像也不求什么公平，她只要儿子和这个家在就行了。旁人的激动都是画好了人生去对照，当事人却说：本来无一物，何处惹尘埃？

林凤娇的处事作风，其他女人不可能上位。你家也一样，你妈妈的无言，对小三既是幸又是不幸，她可能偏安一隅，但永远无法登堂入室。

你不和妈妈提起这个事是对的，如果你提了，她怎么跟你说呢？批评自己的软弱吗？显示自己的可怜吗？她已然在心里平衡了这事，难道为了女儿的不平，再去斗争？也不要再去逼爸爸了，他这个年纪，更想要天伦之乐，而不是儿女私情了。小龙女出生，全世界骂成龙，现在，全世界又骂他不管小龙女。所以，你爸是不可能不管私生女的，经济和情感一定会为她留一部分。你慢慢地说服自己不要去计较这些，如果你不是当事人，而是一个看着这个剧情电影的观众，你会看到一个渐渐老去的男人正为他年轻时犯下的错误埋单赎罪，这比提起裤子消失要好太多。

在这件事情上，你爸和你妈都充满了孤独。作为一个已经做了母亲的成年女儿，请不要再去强化他们的压力了。假如如你设想，最害怕的事发生：你爸百年，小龙女上门，你妈吐血。这时，你要上前抱住她，安慰她，不要让她觉得这是她生命中的耻辱，不要觉得无法跟子女交代。你要跟她说，特别感激她的忍耐，让你对这个家和爸爸充满了甜蜜的记忆，她是强大的母亲。

从现在起，你要调整自己，成为强大的女儿，接受命运的挑战。

—

QUESTION

44 / 53

爹妈自有爹妈命

{ 问 / Q }

鲁瑾姐姐，我爸爸妈妈离婚了，原因是爸爸说妈妈出轨，爸爸威胁、赌气，然后做了很多冲动的事。比方说找人查通话记录啊、跟踪啊，在妈妈店里闹事砸东西，在家里吵架打架啊。妈妈说一开始是没想要离婚的，后来爸爸各种逢人就说，各种哭诉、闹腾，闹得人尽皆知，闹了几年之后就真的离了。在我读大学期间经常接到我爸爸哭诉的电话，说我妈妈没良心，哭完之后让我好好读书，别想太多。爸爸爱喝酒、赌博。这些年不是没赚到钱，但是基本都送到赌场了。离婚之后爸爸还是赌，欠下的债也没有还清。我妈妈就比较忧心，万一他哪天走了，这些债务都要我来还。可是爸爸他从来不承认，说关我妈妈屁事。而我不管是问邻居也好，还是问亲戚也好，看他的账务也好，确实是赌了，有时候还会去场子里赌。我不知道怎么劝说他，对喝酒开车、赌博真的是深恶痛绝。妈妈是个贤妻良母，但是自从出轨离婚之后，不知道为什么三观都不正了，会跟有妇之夫牵扯不清。她说他们几年前就分居了，他老婆不肯离婚，而她也是单身……可是分居不表示离婚啊。这些话我也跟她说过，但是她好像听不进去。我始终觉得爸爸妈妈都是好人，为什么现在都变成我不认识的模样？我很担心爸爸的身体，他有高血压，还在喝药，这样一直喝酒不爱惜自己。我也很担心妈妈，我晚上总会做梦她被打了或者怎么样了，然后惊醒。我该怎么办？

{ 答 / A }

碰到不省心的爹妈是够累的，不过你先理清一下思路，哪些是重点。第一点，关于赌博和赌债。我刚才问律师了，赌债属于非法个人借贷，法律上是不认可的，也就不存在“父债子还”一说。但现在在操作中往往不会以赌债而是以民间借贷的方式存在，这就需要警惕了。这是你现在迫切需要搞清楚的一点，不仅是为了你，也是为了你的父亲。你爸你妈再打也是前妻前夫，恶不到哪里去，外面的人就不一定了。

第二点，你爸。你爸这样的男人，其实是天真简单型。同样老婆出轨，阴的男人表面上不说，偷偷地把财产都转移了；暴的男人找人把第三者的腿打折了。你爸两样都没玩，只是玩了些哭闹，最终也没达成目的。能哭能闹腾，烦是烦，不过也挺好，不会得抑郁症。这个你不要太担心，他不会每时每刻都处于崩溃状态，你在的时候他有哭闹的场，你不在，他就跟朋友玩儿去了。需要担心的是他的高血压。不过你刚大学毕业，又在另一个城市，最好劝爸爸找个伴。像你爸爸这类型的男人其实是很依赖女人的，但他们任性不珍惜，等到失去时又害怕，所以才会像个大娘一样失控。他们害怕独立生活，以前有家好歹还有个框，真一个人生活就会出乱子。他需要一个妻子，有人管他你就轻松了。你与其在远方无力地担心，不如动员七姑八姨帮你爸找对象，他要追别的女人了，自然也没空恨你妈了，也没空赌博了。

第三点，你妈。她的事相对你不用太担心，主要是接受障碍。一个贤妻良母成了第三者，说明世界和人性比你想象的复杂。从小到大，我们的教育里充满了一些长得像真理的谬误，长得像历史的谎言，长得像宣传画的英雄和长得像团体操的正确思想，我们以为这就是世界。我们的教育里没有逃生训练，没有急救常识，不展现道德悖论，不讨论精神困境。小时候爹妈护着没感觉，等到自己面对世界，或者爹妈也变成麻烦的时候就惊慌失措了。你大学毕业了，还是无法去分析你妈的心理和行为，只觉得她的道德不完善，是不可理喻的。但寂寞是一件无法抗拒的事，爱情不是二十岁的女人才需要的，所有年龄段的人都在等待爱情。即使爱情不纯粹，脆弱的人性依然需要它的安慰。作为成熟的男女，你妈和那个男人会处理自己的事，做出他们的选择，这不会影响妈妈对你的爱，而渐渐长大的你，只需在心里希望妈妈快乐。假如有一天，她受伤了一个人哭泣，你就发个信息给她：妈妈，你永远不会失去女儿的爱。

亲人的爱，就是用来兜底的。

管自己的生活吧，儿孙自有儿孙福，爹妈自有爹妈命。他们老到折腾不动了，会慈祥的。

—

QUESTION

45 / 53

女人也用下半身思考

{ 问 / Q }

鲁瑾姐，我终于按捺不住也想给你写信了。情感问题，和老公认识十年了，结婚四年。老公属于事业心特别重的，拿赚钱当兴趣爱好，因此他没有别的兴趣爱好，普通人喜欢的看个电影、打个球、旅游一概与他无关。他有的时候晚上十二点多回来，有的时候晚上出去半夜两点多回来，自己做生意、炒股，作息时间特别不规律，而我是个上班族。以不影响双方的睡眠为由，我们分室而睡，这一分就是四年多，当然那个也是每年一次的频率。自去年起，我发现我有些受不了这样的生活了。同龄人的孩子早都打酱油了，而我们，每次别人问没有孩子的原因，我都无法说出因为我们之间根本什么都没有。而且，我发现我越来越怕孤独了，特别希望有人陪伴，每次上街看到别人一家三口幸福的样子，羡慕得要命，看着人家的背影好久。除了陪伴的问题，老公认为只有赚钱才是他的责任，其余的没什么义务。这些年他不做家务，我愿意做就做，不做他也不嫌弃。我和老公谈过数次我期待的生活，不是物质的丰富而是正常家庭生活，至少可以相拥而眠，至少嘘寒问暖。谈得多了，变成了争吵，动手打架。我们谁也不愿意去迁就对方。他让我辞职，去迁就他的自由时间，我却无法割舍这份实现自我价值的工作。我提出了离婚，但是老公不愿意，说十年不易，再开始，我这样的岁数不见得能找个好的，反而他认为自己经济条件不错，可以找个年轻的，容易得多。老公说你嫁给谁都是要后悔的。您说，我该如何是好?

{ 答 / A }

写了“黄色信箱”收到这么多来信以后，我才知道那句“男人用下半身思考”是错的，很多的家庭处于基本无性状态，而最终憋不住的都是女的。所以，我们女人才全面，不仅用上半身抒情，还用下半身思考。

你们结婚结了四年，分房分了四年，这婚真是结得彬彬有礼。我估计最开始分房睡是你提出来的，因为这是女人通常的撒娇方式，类似于吵架离家出走，其实走到小区门口已经在想了：怎么还不追出来？追出来挣扎两下，最好男人用蛮力把自己挟回家，在半推半就中剧终。但很多男人不会配合这个剧情，女人对情感戏的期望就会受挫，面子上下不来，只好硬着头皮演下去，走到公交站，走到闹市口，走到最初的约会地点，百感交集泪流满面，然后灰溜溜地回家。你最初提出分房睡的时候，或多或少有些将一军的意思吧，没想到对于你老公这样的男人来说，性真的比不上工作带来的快感。

看你老公的言行，比如让你辞职来迁就他的时间，认为自己经济条件不错可以找个年轻的等等，不太像个 gay，更像个直男癌患者。直男癌你跟他风花雪月、细腻敏感他不懂的，你走进自己房间时色情哀怨地瞥他一眼他也看不到的，甚至于喷香水穿蕾丝都没用的，你只能用他的思维方式和他对话，比如，今天股票赚了吧，我们来嘿咻庆祝一下，然后上去就扑倒。其他情绪你就看看韩剧消化吧。

文艺范儿的女人确实作，而且只会一种作：比较注重自己举手投足的风情，盼望着灵魂伴侣来心心相印。可是林青霞和秦汉在电影里灵魂了很多次，生活里一样灵魂不了。都太注重自己的灵魂的人碰到一起也不好相处，一个粗人一个细人搭配着才能妙趣横生，关键是你是否有能力把粗人调动起来。秋波没反应吗，用用大嗓门儿，伤感背影玩不转吗，直接野蛮女友，韩剧里的女主角不都这样吗？时而珠泪涟涟，时而粉拳挥挥，不同的人不同的治法，不同的场景不同的演法。

你现在要离婚这一招我觉得和离家出走及分房睡是一个系列的，你真想好离婚了？我估计没有，只不过是女孩子时期撒娇后遗症。成熟的人不是这么处理问题的，总得搞清楚这无性婚姻的原因到底在哪里，有没有得治了。有三种可能：1. 你老公是 gay，那你就成为不幸的同妻大军中的一员了。虽然不太像，你也可以找他谈谈嘛。gay 是无辜的，但骗人害人就不好了，说出来你们也可以寻找个解决方案啊！或离婚或领养孩子，然后各自自由，总有个出路。2. 他有外遇。这个你这么敏感机警的老婆应该能够判断。3. 他身体有问题，有些男人在性的方面对自己不够自信，就会选择逃避。如果只是作息时间不配套导致无法嘿咻，那你无非是半夜等他回来突击一下，然后回房睡觉，就当生了个孩子，晚上也要起夜喂奶。

吵来吵去都没吵到点子上，就算离了婚都没搞清楚状况。生活就是这么凌厉，出手要稳准狠。

—

QUESTION

46 / 53

杀马特男人

{ 问 / Q }

鲁瑾姐姐，你好。从追随你的微信平台到现在的“黄色信箱”，对你的喜欢我就不过多描述了，反正是铁粉，你懂的。我的故事：重遇一很久没见、当初也喜欢过的男生，再见时两人都单身。因为我各方面能力都不错，他挺欣赏我的，互动也很积极。他的外形不错，是我喜欢的类型，但他很爱玩，也不太成熟。开始觉得他与自己不合适，但大家都怂恿我们在一起，还有朋友叫他赶快拿下我。互动多了，怂恿多了，我竟也由被动慢慢开始主动。喜欢他的女生很多，他也从来不会拒绝跟其他女生周旋。他的工作一直不顺利，后来就跳出来与朋友合伙创业。因为资金问题，挺烦恼的，特别是他那么自负要面子的人，更加压力大。朋友跟我说，这个时候更要对他不离不弃，呵护有加。但是让我非常伤心的是，在我主动示好期间，他竟然在聚会上跟别的女生打得火热，还借酒亲吻，并且两次都被我看到了。朋友劝我要大气，年轻男生爱玩很正常，把他拿下后他慢慢成熟了就会变乖了。于是我又忍了下来。再后来，另一个女生公然向他示爱，成天把“他是我的”挂在嘴边，才知道他每天跟人家“早安”“晚安”地问候让人家觉得是有机会的。说真的，那时我觉得他已经对我没兴趣了，可大家还是会怂恿我们在一起，然后一边那个女生又高调“抢人”。我脑子里盘旋着“老娘不跟你们玩儿了”的话，可又掩饰不了动了情的心，我想听鲁瑾姐姐你说说，我能用重赏来吸引你吗？哈哈哈，因为我真的不想让这些破心思影响我的工作和生活了。

{ 答 / A }

以前老说男人要像山一样，女人要像风一样，在多元审美的当下，听起来有点传统了。但后来发现，在没遇到事的时候，这类男生也可爱，那类男生也可爱，真碰到事儿了，还是如山的男人靠得住。什么是如山的男人？博大、坚韧、丰富深沉、朴实无华、不浮躁、不虚华，将自己置于沉静和卑微的地位，就像大山一样。而你的这个男朋友，相比就跟个跳蚤似的。

跳蚤有跳蚤的好处，比较活泼，容易接近，每个城市的跳蚤市场都是大家最爱去的地方。价位低，品种丰富，还有当地特色。但在跳蚤市场也很容易买到劣质品，尤其是旅游区，特色没得到打磨和彰显，一派乱糟糟的杀马特造型。你男朋友就是为人处世杀马特味道很浓的人。

杀马特知道的吧，本意是英语里的 Smart，时尚、聪明的意思，但在中国特指山寨模仿。原始的大部分杀马特都留着五颜六色的长发，化着很浓的妆，穿一些很个性的服装，戴着稀奇古怪的首饰，另类古怪，却土得掉渣，一股用力过猛的傻逼劲儿。你男朋友跟女生借酒亲吻，公然眉来眼去的，感觉天天在开吸毒派对。这不是乖不乖的问题，一是他的土鳖特质，就好像没唱过摇滚的人以为摇滚就是吸毒，开放就是乱搞；二是他的情感特别粗鄙，哪怕他已经对你没兴趣了，有教养的男人也会避免在喜欢他的女人面前和别的女人公然亲热。他这类人就是特别喜欢把人生当成个舞台，动静搞得越大越好，不在乎天长地久，也不在乎曾经拥有，只在乎够不够出位。你在旁边看着，他还来劲了。

我觉得你们周围的一帮朋友也挺杀马特的，他们其实也并不是真心觉得你俩合适，而是在这个准吸毒俱乐部搞点事情出来玩玩，反正闲着也是闲着。就像崔健唱的：护士姐姐给我点儿刺激，因为我的病就是没有感觉。不劝你大气，这戏不就唱不下去了吗？大气个鬼啊，呵护个鬼啊，好女人是个学校，但也不能只收走读生啊！

创业不顺，各方受挫，不同男人的表达和处理方式是不一样的。如山的男人通常会一个人待着，默默地总结，暗暗地调整，小心地、安静地往前走。当然他们也有缺点，从女人的角度有时候也希望他们能在自己面前流泪，而他们往往不会。而类似你男朋友，他选择声色犬马地发泄，在和女性不负责任的挑逗中找回点存在感。站在对人性同情的高度，我也不忍心说什么，毕竟不是每个人都能成为强者，杀马特也有酸楚，但从选择伴侣的角度上来说，你确定要去啃这块鸡肋吗？

我一般会赞成想爱就去爱一场，但我觉得你现在基本上是一个爱不成的状态，无非需要一个理由让自己放手。我能给你的理由是：爱情很美妙，但品德更长久。

最后谢谢你说重赏，让我们一起分享人性的弱点。

—

QUESTION

47 / 53

每个人的路都不是太宽

{ 问 / Q }

鲁瑾姐姐，你好。我和老公认识两年多，结婚几个月，到现在一直没领证，因为他身上有两个致命的缺点，我很难忍受，不断有一些事情的发生让我不敢进行下一步。缺点一是脾气暴躁，经常和别人发生摩擦，小区保安从大门的到停车场的，他都跟人家闹过，弄得我现在每次从那儿走过都不好意思，路上开车看到别人开得慢、插队、超车等不太守规矩的，他都要开口就骂，甚至摇下车窗骂人家。遇到这类事情，刚开始我都会劝他、安慰他，而他根本听不进去，非要爆发才行，甚至变本加厉，然后我也就生气了，开始指责他。最后生气完，他多数时候能够给我道歉，但是下次还会发生。缺点二是喜欢说大话，他不清楚的、一知半解的东西，也能说得头头是道，有的我一听都不对劲，甚至会问度娘来揭开事实真相。因为这两个问题，我现在甚至有点讨厌他，我觉得他是个没有素质没有修养的人。但有时我又在想，会不会是因为我没跟他领证，他心里不开心，又或是我没有辞职跟他在一起（我们现在是周末夫妻，本来上次要辞职呢，老总挽留，又真的很难找这样的工作，加上当时跟老公生气，所以又留下了）他才这样的？但我现在真的怕往前走了，我怕我走错了，我怕失败的婚姻。鲁瑾姐姐，这两个缺点至于把他全盘否定吗？我到底该退后还是该前进？

{ 答 / A }

你老公的两个缺点也是我最讨厌的男人的缺点，作为一个每天度娘事件真实度的新闻人，我和你一样较真儿。站在冷静的局外人角度，我觉得不是太喜欢和这样的男人相处下去，但你不是我，你和他有过往、有记忆，其中一定会有甜蜜美好的部分，你的选择不能听我的，因为我是冰冷的，你和他是有温度的。

为什么王母娘娘可以冷酷地在牛郎和织女之间划一道银河？为什么祝员外不让女儿嫁给梁山伯？因为他们反对的爱不是他们自己正在经历的，所以可以一个觉得清规重要，一个觉得自己才知道什么是女儿的幸福。要说牛郎织女在一起真的一辈子你挑水我浇园那么和谐吗？不一定，见多了天上的妖怪，闻到人间农夫混合着汗味的男人气息当然会被撩拨，下了凡尘后看到的人间男子多了，新奇不再也许就会挑剔生活之艰辛。梁祝也一样，山伯不就是个凤凰男嘛，凤凰男和孔雀女的故事还少吗？但这后续的一切并不能打击自主爱情的崇高，不管爱不爱得下去，爱了一场都是赚的。

我觉得你应该在这样的认知下做下一步的判断，所谓全盘否定，是对自己和对别人都很没良心的做法。接下来要思考的是继续还是分开。你知道生活有时候是一种解释，有时候是一种境遇。比如你的情况，如果这样解释：没有人是完美的，我们自己也是不完美的，婚姻就是个存同求异、睁只眼闭只眼的事情。这么说你会想再试试吧。如果这样解释：钱少不要紧，只要人文明，那就处不下去了。所谓境遇是你现在有备胎吗？如果没有备胎你扛得住寂寞吗？很多的婚姻不是因为相爱，而是因为到点了找个异性弄个合作社，为了互助，为了不孤独，为了有个会喘气的陪着。你显然不满足于此，你希望和对方互相看得顺眼，价值观和处事方式不要有太大冲突。我特别能理解你，我也觉得这是人和人亲密相处的基本前提。我觉得你现在不用考虑你退出后他会怎么样、会不会伤他很重，而是考虑退出后你会怎么样。你有地方住吗？很长一段时间没有男人在身边你能适应吗？你是一个可以享受或者至少能接受单身生活的人吗？你想好怎么应对你的长辈、同事、朋友了吗？

有的人最怕孤独，有的人最怕折腾，有的人最怕背叛，有的人最怕贫穷。不同的人选择爱人和人生是不一样的。我不知道你是哪一种，但有一点：如果你很怕往前走了，至少要原地观望。人的脚步也需要精神支撑，总不能一掌把自己打落悬崖。体操运动员上平衡木前，如果腿脚抽筋，跳上去等于找死，不仅完成不了动作，摔惨了还会有阴影，以后都不敢上了。

婚姻失败其实没什么可怕的，更可怕的是彼此不搭调、处处看不顺眼、漫长的相处。当然，黑社会老大也会有放下屠刀的一天，你老公的暴躁和浮夸也可能在你的温柔相劝里改良。更何况，在你简短的叙述里他会道歉，也许他在你这儿没有自信，靠大声和吹牛向你证明，方法相当不对，但也有他的可怜。如果你没有新的选择，就把他当个孩子走走圣母感化路线试试吧。

毕竟每个人的路都不是太宽。

—

QUESTION

48 / 53

我们不能只为了生育而相爱

{ 问 / Q }

鲁瑾姐，买了你《暖男》的书，最近也一直看您写的“黄色信箱”，谢谢您的文字给予我的力量，让我在遇到事情的时候能坦然地接受和面对！和老公从相识、相知、相爱、结婚到现在整整十二年的时间！我们靠自己在杭州打拼，我们彼此相爱，唯一遗憾的是到现在我们还没有孩子。这么多年，我吃了不少苦，吃药、打针，甚至手术过几次！这还只是身体上的痛苦，还有心灵上的苦恼。老公今年三十八了，最怕别人跟他谈起小孩子的事情！总是能避开多远就多远！最近老公常常接到家里老人打来的电话，说希望我们能好说好散，各自去寻找合适的人选！最近这一年来，老公很贪玩，朋友多、贪玩只是其中很小的一方面，另一方面就是他很苦恼，很无助、无奈！前些天他给我QQ留言写了封分手信，说不会逼我，给我一个考虑的过程，希望我能好好考虑！如果有合适的人选，希望我能找到新的幸福！我回复他说，我愿意放手，也愿意成全老人家的心愿！只要你能生活得开心就好了。他说没想到我会这么冷静，他已泪流满面！说如果分开，我以后的日子怎么过呢，这是让他最放心不下的事情！我回复他说，此刻我也是泪流满面，可是我无力回天呀，我又能怎样呢！他说暂时分居吧，让彼此习惯没有对方的日子！除了车，他啥都不要！（其实我们除了房子也没有什么存款，每月房贷要还两千多。）后面我们就没有再联系了，这几天我也不想去打扰他，给彼此一点时间和空间冷静一下，看看他和他们家接下来的动静再说吧！鲁瑾姐，也不知道我这样的处理方式是否妥当？

{ 答 / A }

虽然泪流满面，但你的内心是冷静的，面对泪流满面、只要车啥也不要、只求有子的老公，你冷冷地甩出了真相：除了每月还需还贷款的房子，你们并无财产可分，房子总不能劈一半拿走吧。在一场为生育进行的虽不打闹但各种立体折磨的战争后，逃兵去寻找新生活，而你也终于可以打扫废墟。

在我看来，为了要一个孩子，对一个为了实现这个愿望而吃尽苦头的女人实施这样一种定点清除，是非常无趣而怯懦的行为，他否定的不是这个女人，而是他自己的人生。我能理解繁衍的期望，但不能把伴侣存在的前提设立为生育工具，只有在很落后的地方，媒婆才会在推荐新人的时候说：你看她，屁股大，能生，而不能生的只能眼睁睁地看老公纳妾。

你老公纳妾是做不到了，奋斗了十二年也没存款的人也纳不起什么妾。如果他那么想要孩子，你们本来也可以考虑领养。当然，我现在讲养育比血缘更珍贵，你看那些欧美家庭，到中国福利院来领养残疾孩子……我讲这些会有很多人觉得我站着说话不腰疼，大道理一套一套的。确实，世界这么大，也不能指望所有人境界都这么高。我知道你心里对他家人窝着一肚子火，那种隔空指着儿子媳妇说“你们分开好了”的行为真是让人看不下去，透着一股子土霸王的粗鄙，好像儿媳在生育上有一些障碍就轮得到他们来指手画脚似的。说散就散？古代妇女地位这么低还要给个休书呢！现在口头到达就好了？我要是你姐姐，保不齐一个电话过去：这么欺负人真以为我们娘家没人了？（好吧，快意恩仇的想象。）当然，这跟你老公的心理有关，他要不是一个唯生育爱好者，爹妈也无处下手。

你的表现比我刚才说的要温和，但你心中肯定是有一口恶气的，我虽劝人接受命运，但也不赞成把自己憋成疯子。你老公的泪流满面当然是真实的，动物都会流泪，何况是人，但这并没有妨碍他很快地作出选择，写完这封信他就搬走了。在间歇性的愧疚情绪之外，他应该十分庆幸如此轻易地逃脱。作为一个急切想播种的男人，他接下来的人生重点是去物色一个相对看得上眼的雌性动物，并没有太多时间来怀念你们打针吃药的十二年。

也好，你只有三十几岁，之前十年的大好时光你都躺在妇科检查台上，被冰冷的器具捣来捣去，没完没了。就算这样，不被疼惜，还要小心翼翼、心怀愧疚地去谅解他的贪玩苦恼和他家人的越界埋怨。这一切该结束了。你自顾去生育，我从此自顾去美丽。对于现在的大部分男人来说，女人总有比子宫更美的东西，比如笑容，比如体谅，比如交流，比如厨艺，比如丰富的内心世界……离开那个生育场，你穿衣不用再考虑哪套对检查更方便，只需考虑哪套让自己最有风情。

所有失去的爱在失去的瞬间地动山摇，几个月之后你就会发现这是多么好的一件事啊。啊！生命原来是看不到头的，俺又有机会去爱新人啦！

—

QUESTION

49 / 53

该出牌时就出牌

{ 问 / Q }

鲁瑾，你好。我今年四十多了，去年离婚了。我性格上内向懦弱，但外表漂亮温柔，所以一直有男孩喜欢我。和前夫是大学毕业后认识的，我们俩外表和学历都般配就在一起了。一开始就相处得不好，他对我在大学谈过男朋友耿耿于怀，偷看了我的日记，不能容忍我和别人有过亲密行为，即使我们并没有走到最后一步。他经常有意无意地羞辱我，事后又哄我，我也没脑子地原谅了。他控制欲很强，限制我和任何男人的交往，甚至大学同学的聚会我都很少参加，我害怕吵闹就妥协。其实我心里是压抑的，一直想和他离婚，他总会哄我回头。我没想到，等我三十二岁怀孕的时候，他的羞辱上升为家暴（他的父亲也有家暴），让我对他的感情彻底消失。孩子生下后，我把感情都寄托在孩子身上，对他冷淡，他经常会发脾气，我们争吵不断。他在外面也很容易和别人发生矛盾，我越来越不喜欢他，这种婚姻很煎熬。我是想离婚，孩子他不肯给我。去年，在他一次歇斯底里地发作后，我忍不下去了，我觉得自己要死了，孩子给他了，我们离了。可是，他不放过我，离婚协议说好的我每月探视孩子两天，在他的威胁下，孩子不敢到我这儿来。我怕他拿孩子撒气，忍了，他拿了我的房租，我也忍了，只要不和他有交往就行了。我自己去学校看孩子，孩子每次看到我很高兴。可是，他又找孩子的老师，借口说我看孩子影响了他教育孩子，要求老师阻止我看孩子，他态度凶，老师有些害怕他，跟我说很为难。我不明白这个男人为什么总是有办法伤害我，我又回到了过去婚姻里暗淡无光的感觉，不知怎么摆脱。这事我没办法求助于法律。我怎么办?

{ 答 / A }

你这件事，完全可以通过法律途径来解决。你的探视权得不到保证，现在你就可以一纸诉状到法院。我不知道孩子他爹如何威胁孩子，不让孩子到你这儿来，作为母亲，你可以去接孩子啊，准备好录音录像，方便的话找家人或者朋友一起去接，他若阻挠便有了人证。物证人证一齐，一告一个准儿。我问了律师，你不是一个人在战斗，这样的官司一摞一摞的。还有，你三十二岁怀孕，现在四十多，孩子有十岁了吧，满十岁就可以变更抚养权了，我要是你，直接就把孩子抢回来。当然前提是，孩子愿意跟你。你对人生一直没什么坚持，和一个一开始就相处不好的男人结了婚，还生了孩子，然后被家暴了，离了婚连孩子都见不着，你应该知道你越怕麻烦麻烦越会找你，你不怕麻烦可能麻烦就跑了。

我知道当今的法律，在执行上可能还不完善，即使法院判前夫错，他蛮横不让你看还是麻烦，确实，法院工作人员也不可能天长日久地跟在你们屁股后面执行。但法律定了对错，对亡命徒之外的人还是有一些约束力的。分析一下你的前夫，就是一被自己的小阴暗牵着走的人，不属于解开扣子敞开衬衫露出肚皮拿着刀横在门口不让进的那种人，他给孩子编点理由，给老师编点理由，也许谁也不相信他的理由，但他还是会去编一个理由，说明他还没完全放弃这个世界的通行规则。对他这样的人，拉到法院去转一圈是有好处的，因为一直以来，都是他在出牌：看你日记，限制你的自由，家暴什么的，你没出过什么硬牌，为了孩子，该你出牌了。你可以做一个内向懦弱的女人，不能做一个内向懦弱的母亲。

问题是，你准备好成为一个强大的母亲了吗？我觉得你还没有，否则，你也不需要以放弃孩子为前提求得离婚。未成年的孩子判给母亲的概率是非常大的，你只要上法庭，他就没有胜算，除非孩子一直是他在带，离开你比离开他动荡小。在你和他的婚姻里，你们互相确定的只有学历和外表匹配，个性和价值观天壤之别。在性方面要求女人是一张白纸的男人是非常可怕的，他们停留在远古的审美会对现代女性形成一种侮辱，对“不洁”的指责和羞辱是强大的精神暴力，是对女人尊严的践踏，而且基本上是无法改变的。我非常赞成你离婚的决定，这是早就应该开始的反抗。都说夫妻要求同存异，但这是无法并存的异，也是无法改良的异。这段话也是说给未婚女性听的，长得好不好、学历高不高、有没有钱虽然也重要，但比不过价值观的重要，一个心灵丰富、健全的癞蛤蟆比一个心理狭隘、不会控制情绪的孔雀强多了。别以为癞蛤蟆吃天鹅肉是天鹅犯傻，天鹅比人明白。

所谓红颜薄命通常指的是你这一类，美丽而懦弱，因为生活很严峻，不是长得像幅画挂在那儿就行的，你要不会下棋就会处处被动。不过对你来说，往事也就不提了。千辛万苦走到四十多岁，总会有点领悟，所有大放光彩的老女人绝不只外表美丽温柔，她们的共性是骨子里的坚强。前夫作为孩子的父亲，你尽量不跟他结仇，但这是在他不侵犯你做妈的权利的基础上的。你害怕的东西很多，怕吵闹，怕家暴，怕他态度差，你总结过他怕什么吗？怕你找他们领导吧（这一招虽然不武，但对这种人也没办法了）？怕你找他朋友、家人吧？他怕什么你做什么，逐步升级，和他拼个谁更没底线呗。只有最好的男人才会怜惜一个只会流泪的女人，其他的男人，或多或少都是要战斗的，或者博弈，呵呵！

另外，上法院时别忘了把租金连本带利要回来，别客气，你还要养儿子呢！

—

QUESTION

50 / 53

完美女人的高雅“争斗”

{ 问 / Q }

Hi，鲁瑾姐。看了你最近在“黄色信箱”提到男人没有那么强大，我想说说我的故事。我的太太是一个近乎完美的女人，无论学历、工作，还是做家务、带孩子都非常出色，远胜于我，且还应我的要求做了家庭主妇。我能够高攀上这样的完美女人，在于我把自己所有的资源都一滴不剩地投入到对她的追求中去。也许我的条件并不出色，但我无疑能够做到拿破仑所说的，在局部战场保持优势兵力。但争吵却从恋爱延续到婚姻。我太太是个太过善良的人，非常愿意向所有人真诚付出；但她缺乏了一个重要的能力——委曲求全，我几乎无法让她进行任何妥协，哪怕我甘愿在别的方面给出更多的补偿。最近的事情让我心力交瘁。我太太一直不太认同甚至反感我母亲，虽然我们并不住在一起，周末才吃个饭。她觉得我母亲儿媳、妻子或母亲的角色做得并不好，却总是自以为是，说话又总是喜欢高调炫耀的语气，还总喜欢干涉我们的生活，一句话"层次太低了"。比如她说我母亲转述过别人家儿女的话"总是要先顾着老人，小孩就再说了"。我太太认为我母亲是故意转述来表达自己的观点。不得不说，我觉得其实虚与委蛇可以解决她目前所有的问题，何况我还表示绝对支持她，但她还是不断地痛苦，甚至提到了离婚（当然不是第一次），甚至希望公婆离婚（她对我父亲比较认同）。一个不可能完成的任务式的夹板气，让哪怕理性如我也突然感觉真的好累。怎么办?

{ 答 / A }

一个学历、工作、做家务、带孩子样样出色的完美女人，你让她困在家里，她失去了主要战场。她没有上司可以尊敬或藐视，没有同事可以较量，在家里，你又是一个奉她为女神的男人，没有小三，没有夜不归宿，没有和其他女性的暧昧，人生太不好玩了。她的荷尔蒙到哪里去发挥？放眼十里，时时能逮到点儿什么，让她有对手感的也只有你妈了。

我其实能理解你太太在精神上的一些强调，比如你母亲的表达方式及个性上和她的分歧。我们看电视里那些底层的节目，通常是为了经济，婆家给小叔子家的钱是不是比给自己家的多之类的。非底层且经济上自强、自立的会更在意精神上的相处，这和夫妻相处是一个道理。有的夫妻会为一件和自己八竿子打不着的事和一个八竿子打不着的人翻脸，比如成都那个别车的女人该不该打，范冰冰到底有没有心计，鲁瑾是有个性还是自以为是。知识分子的人生里充满了为态度而战。但态度之争扩展到婆媳之间有失分寸，也显示了你太太的双重标准：一方面她是现代女性，老人别来干涉我们的生活，一方面她又想干涉老人的生活，想让你爹妈离婚。所以，在完美的精神表象下面，你太太对你妈的不满其实就是一场朴素的婆媳相克，一山不容二虎而已。以你太太的个性，本来搭配一个低调谦逊的婆婆或者恨不得你们叫她某某女士的婆婆会比较舒适，前者不挑战太太的女王风范，后者根本无意进入你们的生活，互不侵犯。而你妈是个普通的婆婆，有点虚荣，有点小强势，有点话多，正好给你太太无聊的主妇生活练手。

你作为儿子，对婆媳之间的暗中较量不会很敏感，很可能你太太觉得气得要死的某句话你根本没往心里去，或者诧异其严重性。所以，你虽然表面上绝对支持她，但她觉得你是出于息事宁人，而不是真正从精神上理解她。这就像学生做错了事，老师让写检查，写完了老师说检查不深刻。但作为一个孩子，其实根本不知道深刻的检查应该是怎样的。在情感领域，就女人的复杂性，大部分的男人就是个不明白的孩子。尽管如此，我不觉得你有完全的责任承担你太太的各种不爽，每个人都要独立承担自己面对的问题，比如你太太，她和婆婆之间的问题应该由她自己消化和解决，她也有这个能力。她和你没完没了地烦，只说明“作”是女人的共性，所谓的完美女人也一样。我相信她懂得所有的道理：婆婆对你们生活的影响是微不足道的，公公都受得了，做儿媳妇的操什么心？最多周末这顿饭暂时不吃呗！她只是习惯了你对她的风吹草动全城戒备、全情投入，这就跟毒品似的，会上瘾，剂量只会越来越大，你有时候供不上，她就受不了。男女之间，爱之毒是要有一点的，但不能侵犯对方的独立意志太多，比如让你没完没了地去批你妈。你放心吧，你太太只是在你的宠爱下局部失去了自省的能力，你别跟她吵，安静地沉默几次，或者吵太凶时意味深长地看她一眼，离家出走，起码混到凌晨回来。几次以后，她所需的剂量会小一点的。

要么，让你太太来帮我做向阳花，她能力这么强，窝在家里也可惜。事情一多，她就顾不上计较你妈啦！

—

QUESTION

51 / 53

失恋就是结束一段想象

{ 问 / Q }

今天决定分手。和男朋友在一起两年，异国快一年了。大学同学，他杭州人，我外省人。本来感情很好。他去澳大利亚读书，原本我们打算，他毕业留下，我过去，或者他回来。但异国一年感觉走到极限了，共同话题越来越少，每次视频聊天，他都不会专心，边玩电脑边说话，反射弧也慢。其间发生了几件大事，一是本来他答应我说肯定申请一年的项目，但是后来去了一个两年的项目。二是本来说春节不回暑假回，春节我去了，但暑假快到了，他把回国的机票退了。以前我在单位受了一点委屈，他第一时间会来安慰我，病了会及时来看我，每天见面和打电话，社交软件互动也很频繁和有趣。现在病了受委屈了，视频里敷衍地问候下。他们朋友圈彼此互动的时候很好很多，给别的姑娘评论不少，我的朋友圈他几乎再也不来评论。三是我选择分手最重要的原因，我是外省的，单亲家庭，家庭条件也一般，他父母坚决反对我们在一起。以前，他跟我说，他父母不在乎女孩子的家庭。只要人好。出国后，才说他父母很反对我们在一起，他的态度比较退缩和回避。后来他说，他会想办法说服他父母，但从不见行动。我也还好，不算纠结和难过，我想知道在作为感情专家的你看来，我的决定应该是对的吧?

{ 答 / A }

分手了，你说你还好，不算纠结和难过，这是因为说分手时心是尖着的，是拿一壶烈酒，以悲壮的方式让彼此之间的寡淡烟花般地浓烈一下，说出分手两个字仿佛可以打破之前漫长的被冷落，挽回一点自尊。会有一天最多两天时间心里平静而麻木，然后你的感觉就会不好，会非常心痛，会后悔，那时你才会明白，其实你并没有做好分手的准备。从感觉不到爱到接受那个人真的不再属于你需要一个过程，骨头断了皮连着，至少还可以自欺欺人，当你发现你砍断这层皮的举动并不会让他痛苦，你就会相当痛苦。是的，所有的分手都无法戛然而止，可是，放不下的生命都得放下，放不下的感情又如何？

每个人都会被生活教育，比如我们原来以为遇到危险男人都会冲上去，后来发现男人躲得比女人还快。今天我看到一条新闻，深圳某餐厅，一个醉汉打人砸店，男人们无动于衷，后来是一个老外青年先冲上去的。二十岁时可能会骂：男人都死绝了吗？现在见多了男人的躲闪也就习惯了。又比如我们原来以为只要爱了就会坚持，就算万水千山也要走到一起，哪怕一个是王子一个是灰姑娘，哪怕一个是公主一个是樵夫，父母越反对越要走到一起，没有比爱情更能体现自己的独立意志的了。后来发现，大部分人是那么地容易放弃，熬不了几个独眠的夜，受不住父母的几句唠叨。也没什么好批判的，人生短暂，大家都在找快乐，只不过你觉得被爱情深度催眠快乐，而对于他，少点麻烦比较快乐，至于爱情，真的不是过了这个村就没了这个店，它就像方便面，从大超市到小破店到处都是。你能说，离开这个用着父母钱留学的妈宝，你就不会爱上别人了吗？

所以，只不过是在这场恋爱中打了败仗的感觉以及某种依赖断了线比较难受。作为一个在单亲家庭长大、自强自立、个性温良的女孩，凭什么被没断奶的男人和他爹妈摆一道？和他好的时候你忍着他爹妈，小心翼翼地问：阿姨叔叔怎么想？现在估计心里一直在骂死老头、变态大妈。确实我也挺讨厌那些自以为是的家长的，不过你也别让他们成为你的创伤。你看邓丽君，唯一公开承认的男朋友，一个姓郭的富家子，人家奶奶说：若要进我家门，你先退出娱乐圈。结果邓丽君是退了，不是退出娱乐圈，是退了这场婚。八卦上都说邓丽君此生这场情伤都没治好，最后乱找了一个小十几岁的法国穷人，死在异国。我才不信邓丽君这样鲜活的灵魂一辈子被小郭压垮呢，她当初想的一定跟范爷想的是一样的：豪门？我才是豪门！豪门也好，条件好点的家庭也好，他们有他们的局限，总觉得自己家花好月圆，别人不是这个缺陷就是那个缺陷，惺惺作态间本性暖意会少很多。比如你男朋友的家长，换个母性父爱强点的，看到你单亲家庭长大不容易，会更加疼爱你给你温暖，他们非但没这么做，还阻止儿子这么做。他们的人生也就是守着手上几个子儿，炫耀车子儿子，找个门当户对的亲家这点事了。让他们自娱自乐去吧。

另外，凭良心说，爱情这种高精尖的东西，真不能去考验。两情若是久长时，又岂在朝朝暮暮，这种话是在科技社交不发达的古代，没有摇一摇，没有陌陌，没有微信，虽然西门庆和潘金莲还是能勾搭上，但总归机会诱惑相对少一点。我朋友当中的模范夫妻刚生了孩子，一方出国，一年后老婆在异国已经搭上了小鲜肉。他乡如此寂寞，你虽有视频但没有温度啊！

所以，互相放手，活在当下，去牵牵得到的手，抱抱得到的人。

乾隆那个时代都会唱：山川载不动太多悲哀，岁月经不起太长的等待。我们看郑少秋怎么就那么风流倜傥呢？因为人生到了一个高度啊，抓住和放手都是诗意。依稀记得大明湖畔的夏雨荷，投入地欣赏香妃的舞姿翩翩。

世界上本没有真命天子，你爱着他，他就是；你放弃他了，他就不是。那些完美的男人，他们只是活在我们的想象里，而失恋，就是结束这段想象。

—

QUESTION

52 / 53

不惧孤独时再谈爱情

{ 问 / Q }

我今年三十三岁了，身材、长相、工作都还过得去，杭州周边，貌似我这个年纪的女孩子还未婚，已经是每个认识我的人的谈资了。说实话其实我自己也想早点安定下来，可真的不知道该怎么办。相亲吧，随着年龄的增加，介绍的越来越少，而且也越来越奇葩；自己去找吧，我还就是个死宅的人，除了跟要好的几个朋友，几乎不太出去，喜欢在家看美剧、看电影、看书、养花养草……很多次，我都告诉自己，将就下算了，人家喜欢我就好。可每每真的到了那个时候，我就怎么都逼不了自己，不喜欢对方抽烟；不喜欢对方长相；不喜欢对方说话说个不停……当然，也有男人 pass 我的。大学里谈了场不算轰轰烈烈，但也算刻骨铭心的恋爱，因为毕业，因为爱着爱着就不爱了，花了三四年才缓过来。然后到了三十一岁的夏天，经人介绍遇到了个男的，觉得还可以，除了一百公里的异地，其他我还都喜欢，就试着相处。见了家长之后，忽然发现这人同时脚踩好几条船，甚至他的父母都帮着他来欺骗我们几个女的。然后我就果断放弃了。从去年秋天到现在，我试着努力去跟别人相处、约会，可就是找不到感觉。我真的很迷茫了，不知道该怎么办。我都已经有点小叶增生了，真的很担忧呢。我家人说我不打扮、不会撒娇，95% 以上的事情都可以自己解决，甚至包括汽车换备胎。在我看来，撒娇这种也是要对人的啊……

{ 答 / A }

出名要趁早，撒娇也要趁早，等你越来越强大，越来越明白，就很难找到想跟他撒撒娇的男人了。一眼望过去，要么局促，要么狡黠，要么鸡贼，要么有气味。呵呵！其实深交下去也不见得一无是处，局促的也许单纯，狡黠的也许有趣，鸡贼的也许精明，有气味的也许只是不合时宜地吃了大蒜。但相亲是这样一件如面试一样乏味的事，考官教条地判断：没有把角落里的纸捡起来的素质不好……其实可能人家是近视眼压根儿没看到。相亲和面试还有个共同点，大家都不会只投一份简历，此处不留爷，爷再到别的地方看看，此处留了爷，你试用爷，爷也先试着你，几家泡着看看，哪家最合适。相亲市场是不容易产生爱情的，因为爱情是混着混着混出特别的感觉了，为了这点感觉杂七杂八的缺点都包容了。而相亲，一开始就是去数优缺点的，荷尔蒙还没调动起来，火眼金睛地盯着对方，酒未上头，各自清醒，高清直播，无法美颜。

在你成为高龄产妇之前，你能否碰到靠谱的爱情？这还真不好说。我有一个朋友，从头到尾没看上过她老公，但不影响他们时而和平时而吵闹地过日子。她每天上上班，炒炒股，喝喝咖啡，好像也没太多愁善感。在她看来，爱情就是人生的奢侈品，有则绚烂，无则太平。大部分的婚姻也是如此。我记得小时候有一次同学到我家，看到我爸妈两个人并排坐在桌子上互相靠着讲笑话，她说：你爸妈这么亲密的啊！我因为习惯了没觉得特别，以为天下夫妻都这样。可同学说她爸妈从来不这样。也许他们在孩子面前克制些，但我相信确实很大一部分夫妻之间是没有爱情的。没有爱情是人生很大的遗憾，可这是人生常态，并不比孤独更可耻。

有很多剩女把自己安顿得挺好的，有房有车工作稳定，什么事都能自己搞定，由此嘴硬地认为没有等到那个 Mr. Right，宁可一个人过，少点麻烦。但她们中的很多人失眠、酗酒，心情抑郁。你也许没到这一步，但也说想早点安定下来。我觉得这是你真实的感觉，人要跟着感觉走，这感觉不一定是跟着爱情走，而是跟着你的需要走。你现在需要一个伴侣，同进同出，走亲访友，白天可打电话，夜晚可暖被窝。你还没好好享受过这样既庸常又充实的生活呢！所以不妨从工作中的同事、合作的伙伴、相亲的对象中挑一个不那么讨厌的，他也愿意或者经勾引愿意的，继续往下走走看。不一定马上结婚，不一定天长地久，不一定能对着他撒娇，不一定爱得痴迷，互相诚实而友善地陪伴，求同存异，让自己放松下来，而不是在无休止的相亲中迷茫，为小叶增生焦虑。至于能走多远，不用想那么多，因为走着走着你就明白了。面试后的员工也许带来惊喜，也许熬不过试用期，但不参与工作只凭面试的印象永远会错过好员工。

婚姻的神圣不是因为爱情，而是因为互相不爱还能过下去。《廊桥遗梦》看过吧，弗朗西斯卡和摄影师那三天，燃烧的爱情在婚姻面前也只是默默按下不表。某种角度，爱情和婚姻并不是一回事。人的一生可能有很多次爱情，但大部分不会有很多次婚姻。你得问自己，对当下的你，爱情重要还是婚姻重要，如果爱情重要，那就凄美地等着，小叶增生、大龄产妇、爹妈催促、闲言碎语的不考虑了，软弱是当不了爱情标兵的。如果婚姻重要，那就青春散场，找个老伴，不爱那么多，只爱一点点。

爱情和孤独如影随形，等到你不惧怕孤独的时候，再说吧。

—

QUESTION

53 / 53

科学问题还是婆媳问题

{ 问 / Q }

鲁瑾，你好，有件事情特别纠结。我最近在外出差，四岁的儿子流黄鼻涕有一段时间了，昨天他奶奶带他去医院拍了 X 光片，显示也没有什么问题，我电话里知道拍片子之后暴跳如雷，因为在去医院之前我反复强调不要拍片，对孩子有危害。其实孩子从去年到现在共拍片四次，最短一次间隔时间五十天，另外，孩子在一岁半左右还拍过一次片，现在特别担心，怕这么频繁地做 X 光检查给孩子造成未知的、永久的伤害。我现在抓狂，夜不能寐，求鲁瑾姐指点，会打赏，谢谢！

—

{ 答 / A }

看到你最后写会打赏，我突然觉得很好玩，觉得把自己定位为街头手艺人还是蛮恰当的，或者，很像以前小镇上小有文化的老先生，长条桌一摆替人写写喜帖、对联什么的，街坊邻居一边喊着先生一边放下几文钱，在大家的注视下先生妙笔生花。这样的生活挺好的，简单、直接，每天有现金流，虽然发不了大财，但偶遇激情大赏，还有惊喜。

想象着你的赏，我先替你消个灾吧。看到你这封信，我就打电话给儿保的外科帅哥医生了，他很果断地说：没什么问题。我说：你说具体点，传说中很可怕的呢！然后他说：拍胸片的辐射量是很小的，一次胸片相当于坐了两次飞机受到的辐射。你的孩子即使一年中拍了四次片，也不用担心。

这是我做事的方法：找专业人士来解答，这会让我们少生很多不必要的气，少抒些不必要的情，少责怪些不需要严重责怪的人，以及少做些貌似正确的蠢事。有很多一直流传的像真理一样的结论其实都是经不起推敲的。比如以前传黄鳝不能吃，都是吃避孕药长大的，估计这个说法现在还有不少人信，但你随便在网上一搜就知道这个说法是不靠谱的。科学家做过实验了，加了激素确实比不加激素生长快10%，但即使是低剂量的激素，黄鳝的死亡率也在50%，这么一算，完全不划算嘛！儿子四岁，你应该是个80后吧，上网很溜的吧，拍片的事百度一下就可以放下包袱，却日夜抓狂。唉！要不怎么说应试教育有问题呢，都是死记硬背，不会自己为解决问题寻找依据，人云亦云，不独立思考，街上传什么信什么。

当然，动不动就去拍片子确实也没什么必要，尤其是父母作为监护人有最直接的决定权。但中国的家庭关系和文化界限没那么清楚。我的一个好朋友在德国，有一对双胞胎，她雇保姆和自己一起带，不会觉得婆婆天经地义应该帮忙。她有事出门几天，婆婆主动说来帮她带几天，她对某某太太（不叫妈）千恩万谢，当然婆婆也不会越轨对她带孩子指手画脚，或者违背她的原则去带孩子。中国人的家庭人际关系没那么鲜明，基本是爱也悠悠恨也悠悠地混在一起。比如婆婆帮你带孩子，你一定觉得是应该的，她的孙子嘛！中国媳妇很少会想，婆婆不容易，带完儿子带孙子，广场舞都没时间去跳，反而会想：我帮你家生了孙子呢！中国婆婆在任劳任怨的同时，也不觉得带孙子凡事都得听儿媳妇的：我不会带孩子？我不懂科学？你生了一个，我可是带大了好几个啊！我比你有经验多了！

但现在的婆婆一般不敢大声地说这些话，因为时代毕竟已经变了，不是儿媳妇要早晚给婆婆请安的年代了，儿媳妇虽然叫你一声“妈”，她的领地是不容侵犯的。我觉得你的暴跳如雷也不仅仅是拍片本身，而是婆婆侵犯了你的母亲权。你觉得婆婆手伸得太长了，今天不听你的话给儿子拍片，明天儿子吃穿用行都得来插手。要我说现在的婆婆也做得憋屈：有责任有义务但没权利。不过是给孙子拍了一个片，儿媳妇就暴成这样，我要是你婆婆，哪怕认为你说得有道理，看你那副样子也铁定跟你说：你自己带，有种别出差。

当然，我个人还是比较倾向于两代人互相保持独立性，对彼此的生活保留界限的。但在大家对这一西式文化都还吃不太透的时候，也只能靠永不停歇的沟通，对各自原则不断地强调，以及得过且过。情绪化的沟通是最差的一种，可为什么生活里的人都是这样呢？因为很多时候大家都不是在就事论事，而是在指桑骂槐、发泄压力和不满。

你确定你写信说的只是儿子拍片的事？不是婆媳的事？反正两方面我今天都答了，求赏。

图书在版编目（CIP）数据

那些感情的实话你敢听吗 / 鲁瑾著 . — 北京 : 中国友谊出版公司 , 2015.9

ISBN 978-7-5057-3583-5

Ⅰ . ①那… Ⅱ . ①鲁… Ⅲ . ①书信集 – 中国 – 当代 Ⅳ . ① I267.5

中国版本图书馆 CIP 数据核字 (2015) 第 203812 号

书名 **那些感情的实话你敢听吗**
作者 鲁瑾
出版 中国友谊出版公司
发行 中国友谊出版公司
经销 新华书店
印刷 北京鹏润伟业印刷有限公司
规格 700×1000 毫米 32 开
7.5 印张 158 千字
版次 2015 年 9 月第 1 版
印次 2015 年 9 月第 1 次印刷
书号 ISBN 978-7-5057-3583-5
定价 35.00 元
地址 北京市朝阳区西坝河南里 17 号楼
邮编 100028
电话 （010）64668676

_ NAME

_ TELEPHONE

_ MOBILE

_ E-MAIL

≈

当女人走到辣妈这一站，面临的情感问题不再是你侬我侬那么简单，老公、孩子、婆婆甚至小三，都会成为你某一时期的心中大石，压得你喘不过气，但在对抗这些复杂人生问题的同时，女人也会变得越来越有味道，一个处变不惊，笑谈间化解恩怨的女人自有一种风情在眉宇间……

≈

本册是鲁瑾专为辣妈策划制作

鸣谢**中国最大的母婴女性社区 APP“辣妈帮”**

友情提供用户内容以及大数据支持

到目前为止，有约 5400 万辣妈下载使用“辣妈帮”

辣妈字典

当今的辣妈最关心哪些事情？辣妈帮大数据筛选出辣妈帖子中出现率最高的 10 个关键词，看鲁瑾如何麻辣释义：

{ NO. 1 / 老公 }

老公就是人世走一遭，和你互相托底的那个人。

{ NO. 2 / 孩子 }

孩子就是你的麻烦，你的心肝，你的羁绊，你的信念，你的痛苦，你的魂魄。

{ NO. 3 / 减肥 }

瘦和精神的力量一样强大。

{ NO. 4 / 钱 }

钱就是我们喜欢的王八蛋

{ NO. 5 / 性 }

性是让人着迷的颠峰体验。

{ NO. 6 / 生男生女 }

猜测是一种美好等待，在意是一种愚昧低级。

{ NO. 7 / 婆婆 }

婆婆是你不必期望，但应该善待的那个人。

{ NO. 8 / 男人 }

男人就是我们希望他们强大，但经常需要比他们还强大的那个性别。

{ NO. 9 / 离婚 }

离婚就是契约结束，不是世界末日。

{ NO. 10 / 出轨 }

出轨是几乎所有婚姻都会碰到的考验。

鲁瑾作客辣妈帮，3 小时快问快答

2015 年 7 月 20 日，鲁瑾作为知名情感专家，受辣妈帮邀请，做客【情感 Q&A】。

直播结束时，鲁瑾说："三个小时能解决你的问题吗？当然不能。生活有多少艰辛不可告人，我们只是在一起说一说，我尽量提供一些另外的思考角度，用一些"欠扁"的语言让大家放松一下，希望有安慰。"

—

NO. 1

[问题关键词：离婚]

Q_

我离婚了，小孩他带，现在我很郁闷小孩她不要我了。

A_

孩子从要你到不要你是有一个过程的吧，在这个过程中你做了什么，没做什么，可以先梳理一遍。每年高考过后，很多地方的离婚数都会增加，那些早就过不下去的夫妻如释重负地分手了，他们可能早就过不下去了，为了给孩子一个所谓完整的家才这么做的。我看报道中还有一对夫妻，女儿寄宿学校，夫妻俩平时各玩各，周末回来过家家。他们为什么这么做？是责任，虽然某种程度这样也未见得是最好的选择，但至少说明他们对孩子的心是很重的。儿女长大懂事后想起父母曾经为了自己这么做，可能会觉得受不了，觉得是自己拖累了他们，但心底的深处知道父母对他的爱。我并不赞成为了孩子该离的婚都不离了，但一定要安顿好孩子，让他觉得父母虽然分开，但他并没有失去他们中的任何一个。我不知道你的孩子归前夫带后，你有没有坚持每周的探视，和孩子的相处，我觉得只有两个星期你不见孩子，孩子也不会不要你。种什么瓜得什么果，你没有把孩子抱在怀里，孩子就不想在你的怀里了。郁闷没用，行动才有用。

≈

Q_

正吵着离！孩子还没满月他出轨！他提离婚！现在我假意说我不要孩子自己净身出户！他不同意！原因他没空带孩子！在纠结中！婆婆想把他拉回来！让我给他时间！

A_

不要那么多惊叹号，显得很不冷静。对，你有理，但感情的事有理没用，占据道德制高点，受伤的还是你。所以，冷静。孩子这么小，法院是不会马上判离婚的，所以你们还有时间调整。女人怀孕到生孩子，男人出轨挺多的。你要搞清楚老公出的是临时出轨还是心灵出轨，临时出轨么就听婆婆的，就当他做了一次动物性选择，虽然心里不舒服，但想想漫长的人生，出轨几乎是大部分夫妻都会面临的挑战，至少你不会那么孤独呵呵。心灵出轨么要和他拼心灵了，千万不要用孩子下赌注，假意不要孩子也不行。你要拿出母亲的勇气来，无论发生什么，你是那个还没满月的孩子的最温暖依靠。这样你的老公也许还是会出轨，但会对你心怀敬意。你会说，我不要敬意，我要爱意，现在这个乱局，谈爱不合时宜，还是让他怀着敬意先拖着吧，正宫不怕拖，拖着拖着，他看着孩子，温暖的家也许就回来了，说到底，心灵出轨也并不是所向披靡，生活里到处都是妥协。

≈

Q_

我现在就是这种状态，每天白天黑夜带孩子做饭，还得不到起码的尊重和关心，想出去工作，可孩子才一个多月，没有人帮我，有时特别想离婚，可是现在没有工作，什么都没有，离婚了连孩子都养不活，我尝试过沟通，但是好了不到两天，就还是一样的，这样的状态我该结束吗？

A_

不知道你为什么到这个状态，找了个显然粗鄙的丈夫，还敢全力靠过去。在中国，做全职太太风险是很高的。我们国家的经济政策都是按个人来制定的，完全不考虑家庭。比如缴个税，不管你养几个孩子，家里有没有人生病，3500 以上一样交，都是按个人，而不是按家庭征税；再比如产假，加拿大是夫妻合在一起 10 个月带薪假，你这样的全职太太，在那儿老公就可以有十个月假和你一起带孩子。万一离了婚，老婆没工作，老公还得付赡养费。我们这儿一天到晚叨叨婚姻的稳定性，所有的做法都是单干户 Style，根本无法教育那些先天不足后天不努力的男人认识到他赚的钱，交的税，休的假都跟太太是有关的。所以中国全职风险很高，你要是没碰到一个好男人，承担了所有家务，人家还觉得你白吃白喝，骨子里对你缺乏尊重，把你看成是一个没成本的保姆。

现在你已经这样了，孩子也生出来了，一下子很难做回自由女神了。有多少女人为了对自己的人生负责，在单身一人的时候苦得像茶累得像牛，就是为了给自己买一个自主的保险。有相爱的男人就缠绵就结婚，不爽了沟通，实在不行，自己一个人带着孩子也可以生活。这样万一爱上渣男也不至于全盘皆输。你就难一点了，因为你没为自己做好准备。你有孩子了我也不能马上劝你离婚，离开孩子对母亲对孩子都不好，带了孩子你也养不活，我给你的劝告也只有暗暗地长点本事了。我之前在微信公号发过一个果酱的制作方法，你家务少干点，做点果酱在朋友圈卖卖，也能赚钱的。无论生活有多少眼泪，至少我们

还有果酱。(PS: 鲁瑾多次提到的手工果酱，做法见明天发布的精华帖，有感兴趣的辣妈明天记得来收藏哦。)

≈

Q_

我可以问问，我不爱我老公，可是离婚又舍不得孩子，不离婚我成天以泪洗面，老公其实对我很好，可是他不给我自由，自己不会挣钱还不让我去上班，因为没上过学没出过远门，跟他沟通起来很困难，我该怎么办，很想离婚，又舍不得娃。

A_

我只想问，他不挣钱你不上班，你们却生了娃。你们吃什么，娃吃什么。你们是不是先解决生存问题再来谈爱不爱的事。爱不爱很高级的……

≈

Q_

怀孕后孩子保不住，第二天就要去做手术。然后回家后老公说的第一句话就是：“明天自己去！”这样的婚姻还应该继续吗?

A_

前因后果都没有，也不知道是在什么情况下你老公说了这么一句话，我还真不好来回答你“婚姻要不要继续”这样严肃的问题。估计你缺少一种全面客观分析问题的能力，只看得到自己的委屈，而且容易说绝话。我觉得我这么小心才是一个所谓的情感专家应有的态度……

≈

Q_

今天心情很差，昨晚跟老公吵架了，老小都回北方。我们以前也有吵吵闹闹，但这次吵得很凶，老公脾气越来越暴躁，越来越没耐心，感觉完全没有爱了，他昨晚甚至把自己正吃着的饭碗砸了，当时我都被吓傻了，不可思议，无法想象。每次吵架都是冷战几天然后以我妥协剧终。他是那种很要面子死也不会低头的人，对我也不例外。但这次我真的是不想再帮他收拾砸的碗了（PS：现在还在客厅地上一堆，他自己昨晚没收拾，今天早上一大早出门了），我不能没有底线，感觉以后不会再爱了，现在很难受很纠结很痛苦甚至晚上都不想回那个家了，我该怎么办？？

A_

不想收拾就不收拾，冷处理。你需要思考的时间，他也需要。有一些恨和痛苦在当时觉得过不去，时间会让你冷静一下，更看清自己的需要。晚上回家也没关系，两个人互相体谅，那是个 Home，没感觉的时候那就是个 House。夫妻们上厕所洗澡一般不关门，但如果两人处于吵架状态，就会关门，因为没那么亲密了嘛，人是精神动物啊。所以，你回家也没关系，你可以过自己的，表示你也在生气。熬不过他你就给他写信，写信没用就继续熬，生活就是这样啊，爱情不是人人都有，本来就是个奢侈品。爱到不能爱，聚到终需散的时候，你的心灵会有答案的。

—

NO. 2

[问题关键词：出轨]

Q_

我老公天天都跟小三聊天，一回来就给我脸色看，我想离婚，他就说他不要小孩，你们说我应该怎么办，我当家庭主妇九年了，我觉得我活的没意思。

A_

陈奕迅唱“得不到的永远在骚动，被偏爱的都有恃无恐”，你老公天天跟小三聊天，给你脸色看，他连藏都不藏了，就是有恃无恐。为什么有恃无恐？因为你没什么能让他恐慌的。你说想离婚，我觉得你说说的，至少现在还没做好准备，九年不上班了，看看大学生找工作也不好找，你一个经济上养尊处优的熟女也不肯去吃那些苦。我本来想跟你说：上班去，赚了钱好好打扮自己，找到自信，他要是再看不上咱，就去勾引小鲜肉。可这种道理对没下狠心的女人来说也是没用的。在以前的提问中我已经说了，在中国，做全职太太风险很高的。你现在说你不快乐，但你根本没有谈判砝码，离了婚养活自己还要养活小孩，你做不到啊！还有精神上你也没做好准备，如果做好准备了，早就开始存私房钱，看求职页了。还是上班好，现在你还不老，再过九年，你会更脱离社会，工作都找不着了。孩子么找个钟点工一起帮着管，做妈的不一定要做保姆，做榜样对孩子就很好。你看王菲，离好几次了，人生依然如初见，孩子也没觉得妈哪儿不对，一个快乐自信的妈比一个保姆的妈对孩子在精神上更重要。

≈

Q_

怀孕时候我老公经常会搜附近的人聊天，后来有一次还出去见面了，然后我就跟他吵起来了。女儿现在都 3 岁了他还是一直跟她联系还说是她妹妹，我该怎么解决呢？

A_

请妹妹回来吃个饭呗！吃饭时跟老公秀个恩爱呗！席间演出点贤惠，秀秀情人节戒指，拉着他抱着女儿拍全家照，假装不经意捏一下老公的屁股……一句话：你不能让她搞得你难过，你得搞得她难过。女人么，难过了就会别扭，别扭了就会变形，变形了就会不可爱，不可爱了么，就没有然后了……

≈

Q_

在家生宝宝、带宝宝一共一年半的时间，老公出轨了，现在想回归家庭。可我总是忘不掉以前他出轨时的谎言和阴影。现在很讨厌他，为了宝宝不得不继续过下去。不想委屈自己，想过好，可老公事业正是处于压力大的时期，之前为这事我也把他闹的筋疲力尽，他不想再为这事情烦心，在夫妻生活这方面也很冷淡，使得本来就对他失去信任感的我更对他猜疑。其实现在我们已经离开了那个伤心之地，也能确认他现在没有再找别人，问过他原因说是压力大，加上我之前说了很多决绝的话，让他在夫妻生活上冷淡。现在过的真的好累。我不想委屈自己，想过回以前，为什么做错了事的他反而这样呢？

A_

你看看文章出轨后，人家马伊琍怎么做的？人家说：且行且珍惜。没有扛着正义的大旗痛打落水狗。人家再落水也金光灿灿，你不是依然离不开他么？你看过日剧《昼颜》吗？去年大热的这个剧就是试着小心翼翼地跟大众谋求共识：婚外情也是情。从道德上把它踩得再扁，它们也如野火烧不尽春风吹又生。我去年写的影评《我恋故我在》，新浪微博还推到了头条，题目也改成了《婚外情也是情》。有人骂我没道德，大部分在困境中的人都知道我在说什么。婚姻中遭遇的婚外恋，真是我们经历人生的一部分啊，我们需要的是智慧，不是斗智斗勇各种斗，而首先要解决如何看待婚外情这个终极问题。如果只把它看成道德问题，结局就是原配当街怒扯小三衣裤，集体围观。如果认识到它是人性追求烟花之夜的灿烂，相对会有理性等待烟花落幕。你老公留在婚姻里，是他的一个选择，不是你的胜利，在那场考验里，你也透支了你的情感。你不能要求他像个犯人似的被审判，回来马上和你热烈嘿咻，都是人，两个人的温柔没有捡回来，你站得再高也没用。你为了孩子，他也是为了孩子，大家只不过是合作社的同事，还是吵过架的同事，有什么好玩。你需要安慰，他也需要安慰，毕竟，他也放弃了他的一份感情，尽管不伦，但就像小猫小狗也是一条命，婚外情也是一种情。你看看能不能站在这个高度和他互相同情，也许有助于改善。

≈

≈

Q_

我和我老公是谈恋爱的，他对我很好，现在也很好、只不过好像感觉少了什么，有了宝宝后我感觉很少有他的陪伴，很少和我聊天，少了以前的那种感觉了，以前我老催他赚钱，现在我不催自己反倒积极了，因为有孩子了，所以责任也就不一样，结婚后自然感觉也就变了，爱情直接晋升亲情了！可能是我少了安全感吧！很复杂的心情呀！

A_

女人在爱里面寻找安全感，确实是这样，男人宠得少了，生活就没意思了。你的状况是贪婪女性的典型症状：要男人赚很多钱，要男人很多爱，自己呢，就在原地等着。告诉你吧，爱情不会无缘无故永恒的，荷尔蒙的爱周期大约四个月，平淡之爱时间会长一点，常爱常新是要互相刺激的，原地不动的人就算像雕塑那么美，看多了也这样。你老公就变了，有了孩子责任心加强了，赚钱积极了，你看他有新意，你的新意在哪里？别在蕾丝内衣上下太多功夫，没用。奋斗中的男人很需要伙伴的，就算你不和他一起上班，至少你可以努力去弄懂他在做什么，他有个人讨论也好啊。嗯，要把自己变成他的事业伙伴，这就是一起进步啦，光做烛光晚餐没用的啦！

≈

Q_

我来了，希望听老师讲一讲男人出轨，怎么才能让他净身出户?

A_

夫妻的财产都是有纪录的，婚前财产是谁的就是谁的，婚后如果你赚钱多，他又出轨，自然他得不到太多。如果他赚的多，让他净身出户是很难的。法律会适当处罚过错方，但也做不到剥夺他的一切。要让他净身出户，你也只能装可怜装柔弱了。我不知道你们有多少资产，如果你们豪宅好几幢，分他一幢也无妨，你要那么多，只能盛放更多的寂寞。给他一幢，留份情意在，万一以后你们两个都单着，也可偶尔互相安慰。如果你们只有一间 50 平米的房子，你也就不要咬牙切齿了，人家有情饮水饱，随便租个 50 平米也是分分钟的事。话说回来，男人出轨一定要离婚吗? 其实婚姻都是有污点的。再看看吧。

—

NO. 3

[问题关键词：婆媳关系]

Q_

现在和婆婆一起住，公公去世了，婆婆很强势，事事操心，老公不太操心家里事，但有问题总是先听他妈的，现在有孩子了，问题肯定越来越多，请给些意见，怎么处理这样的问题，谢谢。

A_

我以前有个徒弟陈周，外面有人找我合作这个合作那个，我每天直播、写作、公益，忙得像条狗，有什么事我都让先找她，她先刷掉些不靠谱的。一开始她不知道如何和各行各业的人打交道，如何得体回应。后来她总结出来了，在规则上表达坚决，态度上和蔼可亲，也就是温柔对待，关键问题决不让步。和婆婆的关系可以参考这个模式。

≈

Q_

公公不在了，婆婆很粘人，强势的婆婆天天和我老公粘在一起，也很精明。现在好不容易搬出去住，住我们隔壁楼，在老公面前对我好，老公上班对我是另外一种态度也不明说。就因为我不愿意她和她孙子住一起。什么都得听她的，干涉我的生活个人习惯。最讨厌她耍心计。哎，家务事说不清，都想上班去了，又不舍得娃。

A_

一句话，不要像女人一样和婆婆相处，要像男人一样和婆婆相处。她叽歪你也叽歪，那不过是一场金枝玉孽。婆婆为什么对你两面派？老公在对你好，老公不在对你不好，说明她知道老公是你的。这不就行了么。你想想，一个女人，千辛万苦把孩子生下来，养大，被另一个女人接手，自己只能使点暗劲，是多么不爽啊！你跟不爽的人计较什么呢！再说，一个显然还是壮年的女人失了丈夫，也是很不幸的，对儿子多依赖点也可以理解。你的生活习惯，只要不是花的比你们夫妻两个赚得多，她确实也不用来说什么。一个耳朵进一个耳朵出。你现在不上班太空了，所以会比较多地琢磨这些事，你要是上了班，婆婆的表现就没那么严重了，再说如果你上班，还要求她带孩子呢！想想在这个世界上，有困难时谁会挺身而出？肯定还是婆婆，有些小叽歪也就算了，就别计较了。

≈

Q_

婆婆特别宠爱我老公！我不能说我老公半句不好！会直接警告我！我老公也不会做调解！有苦说不出

A_

和婆婆的矛盾真多啊！呵呵。这么想啊，你要有个孩子，你知道他有很多不好，自己又打又骂的都没关系，可要是别人说你儿子半个字，你肯定不高兴。这和你在婆婆面前说他儿子差不多。话说你干吗要当婆婆面说老公呢？你也就是不服，你不让说，我偏说，无非好斗，争夺话语权和管辖权罢了。大部分的男人都不会调解的，别指望他们了，你还是自助吧。不过，你婆婆婆直接警告也有点过火，你可以这么回答：妈，他的缺点你不是每一样都看得到，有的只有老婆看得到……

≈

Q_

我和婆婆脾气多少有些合不来，她比较专断，急性子，什么事都想依靠老公（老公是老二，在婆婆眼里什么都比老大好，大嫂子被婆婆得罪了）。在老公面前婆婆对我好，在我面前不明说只做事。院子里好多都是婆婆的同事朋友熟人。做媳妇的在婆婆面前，我很识趣，好多事也不能不听老人的指示，婆婆有些封建迷信，在待娃上面我们观念产生分歧，最后的结果只能听她的。时间长了我很压抑，自从生完娃以后婆婆矛盾就有了。

A_

婆媳矛盾这事儿吧，很多细节，你不说细节我也不好说什么。但一个原则是用科学方法而不是情绪方法来处理。我以前写过一篇信箱，题目就叫“科学问题还是婆媳问题”。有个妈妈说：四岁儿子流黄鼻涕一段时间了，昨天他奶奶带他去医院拍了 x 光片，显示也没有什么问题，我电话知道拍片子之后暴跳如雷，因为在去医院之前我反复强调不要拍片，对孩子有危害，孩子从去年到现在共拍片四次了。收到她的信我就打电话给儿保的外科帅哥医生了，他很果断地说，没什么问题。我说：你说具体点，传说中很可怕的呢！然后他说：拍胸片的辐射量是很小的，一次胸片相当于坐了两次飞机受到的辐射。你的孩子即使一年中拍了四次片，也不用担心。

≈

Q_

我老公是做工程的，一年最多在家待一个月，但是我老公人还是很好的，只要他在家就什么都不用我做。我跟我婆婆还有妯娌都住在一起，每天矛盾不断，不知道该怎么继续维持下我们的感情。

A_

老公回来就什么都不做的人，和婆婆关系会好吗？……对了，你又是个不上班的？

—

NO. 4

[问题关键词：人生遭遇]

Q_

我和老公 10 年 2 月结婚，年底查出患胃癌并做了手术，异地生活两年（帮他舅舅，节假日独自回去探望老公），后和老公团聚，有了第一个宝宝，孕 42 天夭折，伤心一年，14 年第二次怀孕，15 年元旦生下宝贝，本以为会平淡过生活，宝贝 6 个月老公旧病复发，心里有太多话却又不知怎么说，担心害怕加无助，自认为我是个好人，为什么总是要承受这么多

A_

抱抱！在你的遭遇面前，那些出轨啊婆媳啊的问题瞬间都不是问题了，至少他们还健康。我不知道你在哪个城市，有没有兄弟姐妹可以帮忙，医药费有没有问题。但愿这些都是有的。现在，你是家里最强大的那个人了，你和老公有女儿了，你们之间有恩情，为了这份恩情，你要握着他的手让他坚持去和疾病搏斗，和你们的命运搏斗。10年到现在，你们结婚五年，如果你的内心有后悔当初找了他，也请不要责怪自己，这都是人之常情。但命运来了，请先坚持一下。

≈

三个小时能解决你的问题吗？当然不能。生活有多少艰辛不可告人，我们只是在一起说一说，我尽量提供一些另外的思考角度，用一些“欠扁”的语言让大家放松一下，希望有安慰。

≈